Edgar Wallace
Die Gräfin von Ascot

I0651761

fabula Verlag Hamburg

ISBN: 978-3-95855-421-4
Druck: fabula Verlag Hamburg, 2016
Coverbild: www.pixabay.com
Covergestaltung: Violetta Wegel

Der fabula Verlag Hamburg ist ein Imprint der Diplomica Verlag GmbH.
Bibliografische Information der Deutschen Nationalbibliothek:
Die Deutsche Nationalbibliothek verzeichnet diese Publikation in der Deutschen Nationalbibliografie; detaillierte bibliografische Daten sind im Internet
über http://dnb.d-nb.de abrufbar.

Edgar Wallace

Die Gräfin von Ascot

 fabula

Inhalt

1

Zu den Untugenden John Morlays gehörte vor allem Neu-
gierde. Deshalb blieb er natürlich eines Morgens auch vor
dem Gartentor einer kleinen Villa in Ascot stehen. In dem
schmucken, aber nicht allzu großen Haus wurde eifrig
gearbeitet, und das erregte seine Aufmerksamkeit. Er sah
durch eine Öffnung in der gradlinigen Hecke, wie Arbeiter
eben einen Schrank hineintrugen. Weiter hinten bemerkte
er einen frischgemähten Rasenplatz mit einem Bassin, und
jenseits erhob sich das Wohngebäude aus roten Ziegeln.
Breite weiße Sandsteinquadern bildeten die Fensterum-
rahmungen des zierlich wirkenden Hauses. Es lag ziemlich
versteckt, so dass es wohl nur Leute wie John Morlay entdecken konnten, die Zeit und Lust hatten, planlos in der
Gegend umherzustreifen. Es lag auch nicht an einer richtigen Straße, sondern an einem Weg, der sich in den Wiesen
verlor. In der Nähe von Ascot gibt es eine ganze Anzahl
ähnlicher Landsitze.

Allem Anschein nach zog hier ein neuer Mieter ein –
vielleicht hatte das kleine Grundstück sogar seinen Besit-
zer gewechselt. John folgte den Arbeitern, die mühsam
schwere Möbelstücke den Kiesweg entlangschleppten. Der
Weg war erst vor kurzem gesäubert worden, und das kleine
Bassin, in dem sonst Wasserlilien gestanden haben machten, war vollkommen ausgeräumt und mit klarem Wasser
gefüllt. Ein Gärtner stand auf dem Rasen, lehnte sich auf
den Griff seines kleinen Rasenmähers und wischte sich
über die Stirn. Er grüßte John mit einer gewissen Ehrer-

bietung, wie es Dienstboten Fremden gegenüber tun, von denen sie nicht recht wissen, ob sie Freunde ihrer neuen Arbeitgeber sind oder nichts auf dem Grundstück zu suchen haben.

„Sieben Millionen Kaulquappen waren in dem Teich", erklärte er großartig und etwas zusammenhanglos.

„Ich habe nur sechs Millionen gezählt", erwiderte John vergnügt, und der Mann sah ihn verdutzt an. „Nun gut, wir wollen uns die Sache fünfzig zu fünfzig teilen. Ich will zugeben, dass es sechseinhalb waren."

„Als ich herkam, stand das Gras so hoch", versuchte der Gärtner es aufs neue und deutete mit der Hand eine Höhe zwischen Hüfte und Knie an.

„Das ist noch gar nichts. In meinem Garten steht es so hoch, dass ich mich darin verirren kann. Ziehen hier eigentlich neue Mieter ein?"

„Ach, die?" Der Gärtner wies mit dem Daumen nach der offenen Haustür. „Nein, die haben es gekauft. Die alte Lady Coulson hat viele Jahre hier gelebt. Sie hat immer grüne Hüte auf den Pferderennen von Ascot getragen. Sicher können Sie sich noch auf sie besinnen?"

John hatte das Gefühl, dass er mindestens ein nachdenkliches Gesicht machen müsste. „Nein", sagte er, nachdem er sich besonnen hatte. „Wie viele grüne Hüte trug sie denn?"

Der Gärtner sah ihn argwöhnisch von der Seite an und sagte langsam: „Eine Gräfin hat sie jetzt."

„Die Hüte? Ach so, Sie meinen die Besitzung!"

„Eine junge Gräfin. Ich habe sie noch nicht gesehen. Sie kommt direkt vom College hierher. Ein Zimmermädchen und eine Köchin sind schon engagiert, auch eine Aufwartefrau – ich komme nur ab und zu her."

„Wie meinen Sie das?" fragte John interessiert.

„Ich bin nur für zwei Tage in der Woche angestellt." Er schüttelte den Kopf. „Das sollen die mir aber erst mal vormachen, hier in zwei Tagen mit allem fertig zu werden! Wenn der Garten richtig in Ordnung kommen soll, muss ein Mann die ganze Zeit hier arbeiten. Hier gibt es kein Gewächshaus – überhaupt gar nichts. Was soll denn im Winter werden? Da müssen die Pflanzen doch herausgenommen werden."

Der Gärtner machte sich wieder mit seiner Grasschneidemaschine zu schaffen.

John Morlay ging zur Haustür und schaute in die Diele. Der Fußboden war mit einem Läufer ausgelegt, und es roch nach neuer Farbe. Ein Elektriker in weißem Arbeitskittel ließ einen Draht fallen, um den Fremden genauer zu betrachten. Morlay wandte sich um und ging langsam um das Haus herum. Es war wirklich ein herrlicher kleiner Besitz, der sich für eine junge Gräfin besonders eignete. John überlegte, welche von den vielen Gräfinnen, die er kannte, wohl die glückliche Eigentümerin wäre.

Als er sich umdrehte, entdeckte er noch einen anderen Mann im Garten. Der Fremde war groß, breitschultrig, nicht mehr jung und trug schäbige Kleider. Sein Gesicht hatte eine ungesunde Farbe, und der abstoßende Eindruck seiner Züge wurde noch durch den unwirschen, verbitterten Blick erhöht, mit dem der Mann das Haus musterte. Etwas Scheues lag in seinem Wesen, als ob er fürchtete, von dem Grundstück gewiesen zu werden. Aber dann fasste er Mut und kam langsam auf John Morlay zu.

„Können Sie mir hier eine Stelle oder Arbeit geben?"

Die barsche Stimme passte zu dem unfreundlichen Wesen.

John Morlay betrachtete den Mann neugierig, der einen alten Soldatentornister auf dem Rücken trug. Die Schuhe waren etwas zu groß und an den Seiten aufgeplatzt, die Hosen unten ausgefranst. Das Hemd stand am Hals offen, so dass man die sonnverbrannte Brust sehen konnte. John wusste nach der äußeren Erscheinung des Fremden sofort, mit wem er es zu tun hatte.

„Ich habe leider keine Arbeit für Sie, mein Sohn. Wie lange sind Sie denn schon wieder heraus?"

Der Mann blinzelte ihn an und verzog das unrasierte Gesicht ärgerlich. „Wie?"

„Wie lange Sie schon wieder heraus sind?"

Der Fremde sah in den Garten, auf das Haus, auf den Himmel, überallhin, nur nicht auf John.

„Ich weiß nicht, was Sie meinen."

„Seit wann sind Sie aus dem Gefängnis entlassen?"

„Seit sechs Monaten", lautete die trotzige Antwort. „Sie sind wohl von der Polente?"

„In gewisser Weise – ja", erwiderte John mit einem leichten Lächeln. „Warum haben Sie denn gesessen?"

Der Mann sah ihn fest an.

„Das geht nur mich etwas an. Sie können mir nichts anhaben, ich brauche mich nirgends zu melden. Ich bin nicht auf Bewährung entlassen, ich habe meine ganze Strafe abgesessen." Seine Stimme wurde immer rauher und lauter. „Jeden Tag und jede Stunde. Ich habe keinen Strafnachlass bekommen; wie einen Hund haben sie mich behandelt – und das habe ich ihnen heimgezahlt. Ich lasse mich nicht unterkriegen, so bin ich!"

Zwei Transportarbeiter kamen an ihnen vorbei. Einer trug ein Ölgemälde. Von Johns Standpunkt aus war es schwer, die dargestellte Person und den künstlerischen Wert zu unterscheiden; er sah nur, dass es sich um das Porträt einer jungen Dame in hellblauem Kleid handelte. Ihre Haare waren goldblond, und eine Vase stand neben ihr.

Der frühere Sträfling trat befangen von einem Fuß auf den anderen. Es war klar, dass er möglichst bald fort wollte. Aber die jahrelange Gewohnheit, von Vorgesetzten ausgefragt zu werden, hielt ihn zurück. Morlay erkannte dies, entließ ihn mit einem Auf Wiedersehen und schaute ihm dann nach, wie er mit steifen Schritten über den Rasen auf die Straße hinausging.

Nach einer Weile schlenderte Morlay zum Haus zurück, und nachdem er sich genügend umgesehen hatte, wandte er sich wieder an den Gärtner.

„Was ist es denn für eine Gräfin?"

Der Mann schüttelte den Kopf.

„Ich habe es nicht recht behalten. Es ist ein fremder Name italienisch! Mit einem F fängt er an."

„Danke für die Auskunft."

John schlenderte durch das Gartentor hinaus. Am Ende der kurzen Straße stand das Lastauto, das die Möbel gebracht hatte, und er ging darauf zu. Als er dort ankam, hielt gerade ein anderes Auto an, und eine ziemlich behäbige Frau von mittleren Jahren stieg aus.

Vielleicht war sie die neue Haushälterin. Aber John fiel ein, dass der Gärtner nichts von einer solchen Angestellten erwähnt hatte. Er kümmerte sich auch nicht weiter um sie. Was gingen ihn die Dienstboten einer jungen italienischen Gräfin an?

Langsam ging er auf die Hauptstraße zu und hielt Ausschau nach seinem Bekannten, dem Kriminalinspektor Peas. Schließlich entdeckte er ihn in einiger Entfernung.

Die Gegend hier war romantisch, und auch diese junge italienische Gräfin umgab eine gewisse Romantik. Wahrscheinlich gehörte sie zu jenen Damen der vornehmen Welt, die sich hier nur während der Rennen blicken ließen. Zu dieser Zeit würde der kleine Landsitz dann fröhliche Partys sehen, aber nachher war wieder alles vorüber; Vorhänge wurden vorgezogen, die Türen abgeschlossen. Die junge Gräfin fuhr an die Riviera oder an den Lido, bis die Saison sie wieder zu ihrer idyllisch-schönen Besitzung zurückrief, die dann von neuem von den Handwerkern hergerichtet wurde. Peas, der John mit lebhaften Schritten entgegenkam, brachte diesen aus seiner Versunkenheit zur Wirklichkeit zurück.

Der Polizeibeamte war auf Ersuchen der lokalen Behörde von Scotland Yard hierhergeschickt worden, um einen Einbruchdiebstahl aufzuklären, und hatte John Morlay eingeladen, ihn zu begleiten. Teils, weil er gern jemandem von seiner Tüchtigkeit erzählte, teils, weil John Morlay ein großes, elegantes Auto besaß, in dem er bequem seinen Bestimmungsort erreichen konnte.

In kurzer Zeit begann die Saison in Ascot, und es waren schon viele der angesehenen Familien hergekommen, darunter auch ein Graf, dessen junge Gattin sich sehr für Saphire interessierte. Sie besaß eine ganze Reihe von Schmuckstücken, die mit diesen Steinen besetzt waren: Ringe, Nadeln, Armbänder und andere Gegenstände. Sie nahm ihre Juwelen stets auf Reisen mit, obwohl dies ziemlich gefährlich war.

Als sie eines Abends eine Party gab, stellte ein Unbekannter eine Leiter an das Fenster ihres Schlafzimmers, brach den Safe auf, der rechts neben ihrem Bett stand, und raubte drei Kassetten mit kostbarem Schmuck. Der Einbrecher wäre unbemerkt entkommen, wenn ihn nicht das Zimmermädchen im Schlafzimmer überrascht hätte. Zuerst sah sie den Mann nicht, und obwohl sie ihn nachher bemerkte, konnte sie nicht viel über sein Aussehen berichten, da er einen schwarzen Seidenstrumpf über das Gesicht gezogen hatte. Sie wollte schon um Hilfe schreien, aber eine Hand legte sich wie eine Eisenklammer auf ihren Mund.

Sie las aufregende Kriminalgeschichten und wusste daher auswendig, wie es bei solchen Gelegenheiten herging. Infolgedessen fiel sie auch in Ohnmacht. „Der Mann würgte mich, bis ich die Besinnung verlor!" sagte sie aus.

Inspektor Peas verhörte sie. Er war ein hagerer Mann mit Sommersprossen und kaum vierzig Jahre alt. Er schien noch etwas zu jung für seinen Posten zu sein, denn das Mädchen ärgerte sich über seine Fragen und beklagte sich danach, dass er keine Manieren besäße und sie nicht über den Einbruch selbst befragt, sondern seine Zeit mit nutzlosen Erkundigungen nach ihren Privatverhältnissen vergeudet hätte. Zum Beispiel wollte er wissen, wer ihr Freund sei, welchen Beruf er habe, ob er in Ascot wohne und ob er sie schon einmal in dem Haus besucht habe.

„Das Mädchen hat einen absolut anständigen Charakter", protestierte ihre Herrin ungnädig.

„Ich habe leider die Erfahrung gemacht, dass es kaum Menschen mit anständigem Charakter gibt", erwiderte Peas gelangweilt. „Jedenfalls nehme ich das als Polizeibeamter zunächst an, bis das Gegenteil bewiesen ist."

Er war gerade nicht in der besten Stimmung, als er Morlay traf.

„Es ist ein ganz gewöhnlicher Wald- und Wieseneinbruch, bei dem der Kerl eine Leiter benützt hat. Das Dienstmädchen ist ebenso dumm wie alle anderen. Die fängt gleich an zu heulen, wenn man sie fragt, ob sie einen Freund hat, mit dem sie öfter mal ausgeht. Wie soll man da vorwärtskommen? Solche Einbrüche werden doch meistens vorher richtig ausbaldowert. Wo haben Sie denn Ihr Auto?"

„In den königlichen Stallungen. Ich wollte es in einer gewöhnlichen Garage unterstellen, aber jemand hat Sie erkannt und mich gefragt: ›Ist Ihr Begleiter nicht der große Kriminalbeamte, Inspektor Peas? Wir können nicht zugeben, dass das Auto seines Freundes bei den Wagen gewöhnlicher Leute steht.‹"

„Lachen Sie, dann lacht die Welt mit Ihnen", entgegnete Peas selbstzufrieden. „Wenn man meine Fähigkeiten bedenkt, ist es geradezu ein Verbrechen, dass man mich zur Aufklärung eines solchen Falles in die Provinz schickt."

John Morlay wusste nicht recht, ob Peas alle diese Bemerkungen über seine Tüchtigkeit nur zum Scherz machte, oder ob er sie ernst meinte. Es gab nur zwei Möglichkeiten: entweder mochte man den Inspektor gern, oder man konnte ihn nicht ausstehen. In jedem Fall aber musste man einen gewissen Humor besitzen, um den Mann ertragen zu können. Und John Morlay hatte diesen Humor.

„Der Fall liegt so einfach, dass ihn ein sechsjähriges Kind verstehen könnte", sagte Peas verächtlich, während sie zu Morlays Wagen gingen, der in der Garage eines kleinen Hotels stand. „Er mag ja für die Polizeibeamten von Ascot seine Schwierigkeiten haben, aber nicht für einen Mann von meinem Ruf. Es handelt sich um dieselbe Bande, die schon seit Wochen hier in der Gegend die Landhäuser plündert. Es ist wohl nicht nötig, dass ich Ihnen die Sache näher erkläre, Mr. Morlay, denn Sie sind ja kein berufsmäßiger ..."

„Übrigens sah ich in der Nachbarschaft einen früheren Sträfling", unterbrach ihn John und berichtete dann über den Vorfall.

Peas hörte ihm zu und schüttelte den Kopf.

„Nein, den kenne ich nicht. Aber wer den Einbruch verübt hat, war sicher kein alter Mann. Ich glaube übrigens, dass der Einbrecher, der die Saphire gestohlen hat, ganz allein arbeitet."

Peas kannte Ascot sehr gut, wie er seinem Bekannten auf der Rückfahrt nach London erzählte; aber da er stets behauptete, alle Menschen und alle Orte sehr gut zu kennen, nahm ihn Morlay nicht ernst.

„Ich kenne die ganzen alteingesessenen Familien hier", erklärte der Inspektor, „aber es sind auch viele neue Villen in der Gegend gebaut worden. Die Leute ziehen ein und ziehen aus. Die junge Gräfin Fioli zum Beispiel kenne ich noch nicht –"

„Gräfin Fioli!"

Der Wagen geriet einen Augenblick ins Schleudern, denn Mr. Morlays innere Erregung übertrug sich auf das Steuer.

„Ach, ich kenne sie – oberflächlich."

„Trotzdem sollten Sie vernünftig fahren. Sie sind ja eine Gefahr für die öffentliche Sicherheit", erwiderte Peas vorwurfsvoll. „Mir kann so etwas nicht passieren. Ich bleibe vollkommen ruhig und kaltblütig, wenn ich am Steuer sitze. Selbst wenn ein Kerl seitlich aus den Büschen springt und mir ein Schießeisen entgegenhält, zucke ich nicht mit der Wimper –"

„Hören Sie doch endlich auf, nur von sich selbst zu reden, Peas. Ist die Gräfin Fioli die Inhaberin der neuen Villa dort drüben?"

Der Inspektor nickte.

„Sie kommt direkt vom Internat – geht mitten im Jahr ab, eigentlich ein schlechtes Zeichen. Schulen und Pensionate lieben das nicht. Nächste Woche kommt sie hierher. Ihr Vormund oder ihre Erzieherin hat das Haus gekauft, das ist alles, was man weiß. Wieder eine neue Gelegenheit, die sich die Diebe nicht entgehen lassen werden. Es wird nicht lange dauern, bis dort eingebrochen wird, und dann nimmt man natürlich wieder die Intelligenz von Scotland Yard in Anspruch."

„Damit meinen Sie doch sich selbst?"

„Wen denn sonst? Nennen Sie mir drei Männer in Europa, die meinen Verstand besitzen oder mir in bezug auf kriminalistische Fähigkeiten auch nur das Wasser reichen können", erwiderte Peas selbstzufrieden.

2

Manchmal kamen argwöhnische Leute in Morlays Büro, und gewöhnlich hatten sie auch allen Grund, an der Redlichkeit ihrer Mitmenschen zu zweifeln. Sie wollten den Inhaber des Detektivinstituts beauftragen, diese verdächtigen Mitmenschen zu beobachten, damit belastendes Material für eine Anzeige beim Staatsanwalt herbeigeschafft werden konnte. Aber mitten in ihrer Erzählung unterbrach Mr. Morlay sie gewöhnlich mit einigen Worten des Bedauerns und erklärte, dass er ihr Ersuchen ablehnen müsse. Das geschah besonders, wenn es sich um misstrauische Eheleute handelte.

John Morlay war allerdings tatsächlich Inhaber eines Detektivinstituts, aber er hatte sich spezialisiert und bearbeitete nur Handelsauskünfte. Er beobachtete auch Leute und ihre Tätigkeit, aber nur von zehn Uhr morgens bis sechs Uhr nachmittags, und in dieser Zeit sündigen die meisten Menschen am wenigsten. Er hatte mit Scheinkapitalisten zu tun, die Fabrikanten ruinieren, mit Schwindelgründungen, mit unehrlichen Kaufleuten, mit pflichtvergessenen Kassierern und anderen Angestellten. Seit fünfzig Jahren befasste sich die Firma mit diesem einträglichen, aber wenig abwechslungsreichen Beruf.

John Morlay saß wieder in seinem Büro, von dem aus er den Hanover Square überschauen konnte, und hatte ganz vergessen, dass es so friedliche, stille Orte wie Ascot gab, wo eine geheimnisvolle junge Gräfin eine Besitzung wie Little Lodge hatte.

Selford, ein alter Angestellter, trat in das Privatbüro.

„Wollen Sie Mr. Lester sprechen?" fragte er.

Wenn John Morlay gesagt hätte, was er dachte, hätte er die Frage verneint, aber so verzog er nur das Gesicht.

„Lassen Sie ihn hereinkommen."

John Morlay hasste den jungen Mann zwar nicht gerade, da Julian unter Umständen ganz amüsant und unterhaltend sein konnte, aber er zog doch andere Besucher vor. Julian trug etwas zu elegante Anzüge und juwelengeschmückte Manschettenknöpfe; sein Benehmen war reichlich affektiert. Die Perlnadel, mit der er den Schlips zusammenhielt, war etwas zu groß und auffällig. Morlay konnte auch nicht leiden, dass Julian seinen Hut stets so vorsichtig auf den Tisch legte, als ob dieser eine Kostbarkeit wäre. Er sah auf die Uhr, dann auf seinen Notizblock und stellte mit Befriedigung fest, dass er in einer Viertelstunde einen Besuch erwartete und dann Gelegenheit hatte, Julian zu verabschieden.

Lester trat herein und sah wie immer tadellos aus. Kein Stäubchen war auf seinem Jackett zu sehen. Er legte den Hut genauso hin, wie John Morlay es erwartet hatte, und zog dann seine hellen Glacéhandschuhe langsam aus. Die beiden waren vollständige Gegensätze: John Morlay schlank, hager, blauäugig und sonnengebräunt; Julian dagegen mehr der Typ eines hübschen Jungen, etwas ausdruckslose Züge, olivfarbene, glatte Haut und kleiner, modisch geschnittener schwarzer Schnurrbart.

„Nehmen Sie Platz", sagte John. „Sie sehen vergnügt aus – wen haben Sie denn wieder um sein Geld gebracht?"

Julian zupfte an den Bügelfalten seiner Hose, bevor er sich niederließ, und bemerkte dann das Lächeln Morlays.

„Sie haben gut lachen, Sie sind ein reicher Mann. Ich dagegen bin ein armer Teufel, der zusehen muss, wie er seine Schneiderrechnungen bezahlt."

Morlay zog eine Schublade des Schreibtisches auf, nahm einen silbernen Kasten heraus und bot seinem Besucher eine Zigarre an.

„Danke, nein, ich rauche niemals Zigarren. Aber vielleicht gestatten Sie, dass ich eine meiner eigenen Zigaretten rauche? Danke."

Er zog ein Silberetui aus der Tasche, entnahm ihm eine Zigarettenspitze und passte die Zigarette ein.

„Und wie kommt es, dass Sie in diese Gegend Londons verschlagen werden? Es ist doch ein großes Rennen heute Nachmittag? Ascot steht vor der Tür, und sicher haben Sie ein Dutzend Einladungen erhalten?"

„Ihre Ironie ist an mir verschwendet", entgegnete Julian und entfernte etwas Asche von seinem Knie. „Ich bin hergekommen, um geschäftlich mit Ihnen zu sprechen."

„Zum Teufel, das ist ja interessant!" John hob erstaunt die Augenbrauen.

Julian nickte.

„Ich sage es Ihnen natürlich im Vertrauen, und selbstverständlich zahle ich für Ihre Bemühungen. Ich weiß zwar nicht, welche Preise Sie verlangen –"

„Ach, darüber brauchen Sie sich keine Sorgen zu machen. Aber ich möchte Ihnen vor allem erklären, dass ich keine Nachforschungen in Scheidungssachen anstelle und mich auch nicht mit Werkspionage beschäftige."

Julian atmete tief ein, blies einen Rauchring nach dem anderen zur Decke und beobachtete, wie sie sich an dem weißen Plafond zerteilten.

„Ich bin Junggeselle und nehme mich gut in acht; ich finde das Leben auch ohne weiblichen Anhang schon kompliziert genug."

Er rauchte eine Zeitlang schweigend.

„Kennen Sie eigentlich die Gräfin Marie Fioli?" fragte er dann plötzlich.

John sah ihn überrascht an.

„Ich habe von ihr gehört; noch vor ein paar Tagen sprach ich über sie. Aber ich habe sie noch nicht persönlich kennengelernt."

Julian lächelte.

„Sie müssen tatsächlich ein Herz von Eis haben. Ich habe Sie doch kurz vor Weihnachten der jungen Dame vorgestellt, und zwar bei Rumpelmeyer."

„Ach, dieses junge Mädchen? Aber die ist doch –"

„Sie ist achtzehn", erklärte Julian geduldig, „und sie kommt diese Woche aus dem Internat, mitten im Jahr. Außergewöhnlich, aber in vieler Beziehung sehr angenehm. Meine verstorbene Mutter heiratete mit siebzehn, mein seliger Vater war nicht älter als achtzehn. Eheschließungen in jugendlichem Alter sind nichts Außergewöhnliches in unserer Familie."

„Da war aber Ihr Vater sehr voreilig, und Sie sind der beste Beweis für meine Behauptung. Soll Marie Fioli mit achtzehn heiraten?"

Julian machte eine leichte Bewegung mit seiner Zigarette.

„Ich bin noch nicht definitiv entschlossen; es müssen erst noch einige dunkle Punkte aufgeklärt werden, aber sie ist wirklich ein charmantes Mädchen."

„Ich kann mich jetzt auf sie besinnen", entgegnete Morlay nachdenklich. „Sie ist sehr schön." Plötzlich sah er auf. „Sie sind doch nicht etwa ihretwegen gekommen?"

Julian nickte.

„Ich bin arm, John, das habe ich Ihnen ja bereits gesagt. Ich habe ein Einkommen von dreihundert Pfund im Jahr und verdiene mir noch etwas dazu durch die Artikel, die ich für Zeitschriften schreibe. Ich habe keine Eltern mehr, die eine passende Frau für mich aussuchen und – was noch wichtiger ist – auch die nötigen Nachforschungen über die junge Dame anstellen könnten."

John lehnte sich in seinem Sessel zurück und lachte herausfordernd.

„Nach und nach begreife ich, was Sie von mir wollen. Ich soll also an Stelle Ihrer Eltern herausbringen, ob das Vermögen der jungen Dame so groß ist, dass es sich lohnt, ihr einen Antrag zu machen?"

Zu seinem größten Erstaunen schüttelte Julian Lester den Kopf.

„Auf die Höhe ihres Vermögens kommt es durchaus nicht an. Ich bin ganz sicher, dass sie wohlhabend ist, ich habe allen Grund, das anzunehmen. Selbst nach all den Abzügen bleibt genug übrig, dass eine junge Dame ihres Standes glänzend davon leben kann."

„Nicht zu vergessen den jungen Mann, der sie heiratet", erwiderte John sarkastisch. „Erklären Sie mir aber bitte, was Sie damit sagen wollen, dass >genug übrigbleibt<. Ist sie bestohlen worden?"

Julian erhob sich, ging zum Fenster und sah düster auf den Hanover Square hinunter.

„Ich weiß es nicht. Es ist alles so seltsam. Die alte Frau hat ihr einen kleinen Landsitz bei Ascot gekauft, der ungefähr fünftausend Pfund kostet. Natürlich habe ich die Kaufurkunde nicht gesehen und weiß daher auch nicht, ob das Grundstück auf den Namen von Marie oder auf den Namen der alten Frau eingetragen wurde."

„Von welcher alten Frau sprechen Sie denn?"

Julian kehrte zu seinem Stuhl neben dem Schreibtisch zurück, drückte sorgfältig die Zigarette aus und legte die Zigarettenspitze wieder in das Etui, bevor er antwortete.

„Haben Sie eigentlich schon einmal etwas von einer Mrs. Carawood gehört?" Als John den Kopf schüttelte, fuhr er fort: „Das kann man auch nicht verlangen. Sie ist die Inhaberin eines Damenmodengeschäfts, das heißt, sie hat im ganzen vielleicht ein Dutzend Filialen in London."

John nickte. Er besann sich jetzt auf die Firma.

„Vor neunzehn Jahren war Mrs. Carawood Kindermädchen bei der Gräfin Fioli, einer Witwe, die ein Haus und ein Grundstück in Bournemouth besaß. Die Fiolis sind eine altitalienische Familie. Die Gräfin starb. Ich habe zwar nachgeforscht, konnte aber nicht feststellen, ob sie ein Testament hinterlassen hat. Ich habe nur so viel herausbringen können, dass Mrs. Carawood eine ziemlich reiche Frau wurde, nachdem man ihr die Erziehung des Kindes anvertraute. Vier Jahre später eröffnete sie ihr erstes Geschäft, und in kurzen Abständen folgten mehrere andere. Sie hat jetzt eine ganze Reihe von Läden in London, die alle ziemlich gut gehen und zusammen eine große Einnahmequelle bilden."

„Und was hat das mit dem Kind zu tun?"

„Ich muss zugeben", erwiderte Julian zögernd, „dass sie sehr viel für Marie getan hat. Sie schickte sie auf eine gute Vorbereitungsschule und später in eins der besten Internate Englands. Mit rührender Sorgfalt hat sie sich um das junge Mädchen gekümmert. Aber die Sache scheint doch einen Haken zu haben. Offenbar hat sie das Geld, das die Erbschaft meines armen, kleinen Mädchens ausmacht –"

„Offenbar?" unterbrach ihn John. „Es gibt viele Leute, die mit einem kleinen Vermögen angefangen haben und erfolgreiche Geschäftsleute geworden sind. Vor allem möchte ich eines klar wissen: Ist sie mit Ihnen verlobt? Ich meine die junge Gräfin Fioli, über die Sie so viel erzählt haben."

Julian zögerte.

„Nein, das gerade nicht."

„Warum soll denn Mrs. Carawood ihr Geld nicht auf ehrliche Weise verdient haben? Das tun doch viele Leute."

„Von einer solchen Frau kann ich es kaum glauben", erwiderte Julian entschieden. „Sie ist völlig ungebildet, kann gerade lesen und schreiben. Sie werden mich am besten verstehen, wenn ich Ihnen sage, dass sie auf ihre alten Tage noch unzählige von diesen billigen Schundheften verschlingt."

Eine peinliche Pause entstand.

„Und was soll ich denn nun in Ihrem Interesse tun?" fragte John schließlich.

Julian fühlte sich etwas unbehaglich.

„Ich weiß nicht recht, wie ich es ausdrücken soll ... Vor allem möchte ich genaue Angaben haben, jedenfalls bestimmtere, als ich sie mir beschaffen konnte. Zunächst über das Geld – dann, wie es investiert ist –"

„Nun, allem Anschein nach doch in den Geschäften von Mrs. Carawood", entgegnete John trocken. „Ich möchte hierüber aber genaue Auskunft haben; ich kann doch nicht eher heiraten, als bis ich sicher weiß, dass –"

„Dass sie genug Geld hat, um Sie zu unterhalten", ergänzte John Morlay grob. „Es tut mir leid, dass Ihr Auftrag nicht zu den Obliegenheiten meines Geschäftes gehört."

Julian zuckte die Schultern, erhob sich und nahm Hut und Handschuhe.

„Das fürchtete ich von Anfang an. Aber, bitte, verstehen Sie mich nicht falsch. Marie ist ein sehr hübsches, anständiges Mädchen, und selbst wenn sie so arm wäre wie – wie ich, dann würde das meine Zuneigung zu ihr nicht im geringsten beeinflussen. Nur wäre es nicht recht von mir, sie zu heiraten, wenn ich nicht den Lebensstandard aufrechterhalten könnte ... Sie verstehen schon, was ich meine."

„Ja, Sie sind rührend selbstlos – ich weiß es."

John begleitete ihn zur Tür, und als er zurückkam, lächelte er. Es fiel ihm schwer, sich auf seine Arbeit zu konzentrieren. Immer wieder schweiften seine Blicke von den Dokumenten und Schriftstücken ab, die vor ihm auf dem Tisch lagen. Die Inhaberin eines Kleidergeschäfts, die einen schönen Landsitz in Ascot kaufen konnte, erregte natürlich sein Interesse und zugleich auch seinen Argwohn. Er nahm das Telefonbuch zur Hand und fand Mrs. Carawoods Namen unter der Adresse Penton Street Nr. 47, Pimlico. Allem Anschein nach war dies ihr Hauptquartier.

John hatte keine Verabredung für den Abend; am nächsten Morgen wollte er nach Marlow fahren. Als er sein Büro verließ und den Hanover Square überquerte, hatte er noch nicht die geringste Absicht, das Geschäft in der Penton Street zu besuchen, und er wusste selbst nicht, wie es kam, dass er plötzlich ein Taxi anrief und dem Chauffeur die Adresse von Mrs. Carawood in der Penton Street nannte.

Der Laden war kleiner, als John erwartet hatte, aber das Schaufenster zeigte eine sehr geschmackvolle Auslage. Als er eintrat, wurde er von einer Verkäuferin in einem einfachen schwarzen Kleid empfangen, die ihm gleich mitteilte, dass Mrs. Carawood nicht anwesend sei. „Wenn Sie in einer Privatangelegenheit kommen, rufe ich vielleicht besser Herman."

Bevor er antworten konnte, war sie hinter einer Trennungswand verschwunden, und gleich darauf erschien ein großer, schlanker junger Mann, der eine grüne Arbeitsmütze trug. Er hatte rotblonde Locken und war nicht sehr sauber gekleidet. Auch die Stahlbrille trug nicht dazu bei, seine äußere Erscheinung zu heben.

„Wünschen Sie Mrs. Carawood zu sprechen? Es tut mir leid, sie ist nicht hier. Sie ist nach Cheltenham gefahren, um Mylady zu besuchen."

Er sagte dies mit einem gewissen Stolz und warf sich dabei in die Brust. Den Titel betonte er besonders.

John Morlay hatte sich inzwischen in dem Geschäft umgesehen, das sehr gut ausgestattet war. Schönes Paneel bedeckte die Wände bis zur Decke; der Boden war mit Parkett ausgelegt. Die Damenkleider und -mäntel hingen in großen Schränken mit Spiegelscheiben. An der hinteren

Seite war eine Trennungswand eingebaut, und Herman sah mehrmals dorthin. Zuerst glaubte John, der Mann hätte ihm etwas vorgelogen und Mrs. Carawood wäre doch zugegen.

„Vielleicht kommen Sie ins Büro", sagte Herman und warf wieder einen Blick in den hinteren Teil des Ladens. Nun verstand John, dass der Angestellte sich nur überlegt hatte, ob er den fremden Herrn dorthin führen könnte.

Das Büro war ein verhältnismäßig kleiner Raum. Es standen ein großer Schreibtisch mit Stuhl darin und verschiedene Bücherregale. Die unteren Fächer enthielten die Geschäftsbücher und die Korrespondenz von Mrs. Carawood, während oben Dutzende von billigen Abenteuer- und Kriminalgeschichten lagen.

„Mrs. Carawood fährt jetzt sehr oft nach Cheltenham, bis Mylady nach Ascot zieht", erklärte Herman. „Sie hat noch verschiedenes vorzubereiten."

John lächelte.

„Unter Mylady verstehen Sie doch die Gräfin Fioli?"

Herman nickte eifrig.

„Sind Sie ein Freund von ihr?" fragte er dann.

„Das möchte ich nicht gerade behaupten, aber ich kenne die junge Dame oberflächlich."

Herman strahlte.

„An Mylady kann man sehen, dass der alte Fenner unrecht hat."

„Wer ist denn Mr. Fenner?"

John war erstaunt über die Herzlichkeit, mit der er hier empfangen wurde. Erst später erfuhr er, dass das Faktotum von Mrs. Carawood hohe Achtung vor allen Leuten hatte, die Mylady kannten oder mit ihr verkehrten.

„Fenner ist ein Sozialdemokrat. Er kann sehr gut reden, hat Bildung und so weiter."

„Spricht er denn schlecht von Mylady?" fragte Morlay, der sich heimlich amüsierte.

Herman schüttelte den Kopf.

„Nein, das tut er nicht! Das ist das einzige Gute an Mr. Fenner. An Königen, an Lords und an Grafen lässt er keinen guten Faden, aber über Mylady hat er noch nie etwas Schlechtes gesagt."

John Morlay lenkte geschickt die Unterhaltung auf Mrs. Carawood und ihre Geschäfte und erfuhr, dass sie insgesamt acht Läden in der Stadt hatte, die alle gut gingen. An diesem Nachmittag war sie nach Cheltenham gefahren; Herman nannte die genaue Abfahrtszeit des Zuges.

„Mrs. Carawood liest wohl sehr viel", erkundigte sich John, während er die Bücherregale betrachtete.

Herman lächelte verklärt.

„Sie hat jede Geschichte gelesen, die hier steht." Zärtlich fuhr er mit der Hand über die Rücken der Bücher und Heftromane. „Und ich habe jede gehört!"

„Sie wollen wohl sagen, dass Sie auch alle diese Geschichten gelesen haben?"

„Nein, ich kann nicht lesen, auch nicht schreiben", erklärte er einfach. „Aber wenn das Geschäft geschlossen ist, liest Mrs. Carawood mir vor."

„Ist denn Mr. Fenner damit einverstanden?" fragte John Morlay lächelnd.

„Es kommt gar nicht darauf an, was er tut oder nicht tut. Er sagt, ich bekäme dadurch falsche Vorstellungen, aber das versteht er nicht."

John Morlay war sehr erstaunt und nachdenklich, als er langsam zum Viktoria-Bahnhof ging. Und dann tat er etwas, was ihm selbst ganz unerklärlich war: Er nahm ein Taxi, fuhr zu seiner Wohnung zurück, packte einen Koffer und ließ sich dann zur Station Paddington bringen, wo er in den Zug nach Cheltenham stieg. Plötzlich hatte er das unwiderstehliche Verlangen, Mrs. Carawood kennenzulernen – vielleicht aber wünschte er noch mehr, Mylady wiederzusehen.

3

Mrs. Carawood ging durch den großen, grauen Steinbogen, der den Eingang zu dem bekannten und berühmten Mädchen-College in Cheltenham bildete, und wandte sich nach links, wo die Steintreppe lag.

Die einzelnen Klassen kamen aus den verschiedenen Wohngebäuden zum Haupthaus, lange Reihen junger Mädchen zu zweien und zweien, in dunkelblauen Röcken und weißen Blusen. Dazu trugen sie Krawatten in den Farben der Schule.

Der Portier eilte auf Mrs. Carawood zu, als er sie erkannte. „Guten Morgen! Haben Sie Mylady schon gesehen?"

„Nein, Mr. Bell", sagte die untersetzte Frau freundlich. „Ich kam gestern spät mit dem Abendzug. Geht es ihr gut?"

Ihre Stimme hatte einen gewissen Anklang an den Londoner Jargon. Dem Portier gefiel sie, wenn er das Äußere und die Manieren dieser Frau auch nicht gerade sehr fein fand. Jedenfalls war sie anders als die Eltern der jungen Damen, die hier erzogen wurden, und er fühlte sich mit ihr eigentlich gesellschaftlich auf einer Stufe.

„Es ging ihr sehr gut, als ich sie gestern sah. Wollen Sie sie heute nach Hause mitnehmen?"

Mrs. Carawood schüttelte den Kopf.

„Nein", erwiderte sie kurz und ging dann weiter.

Am oberen Ende der Treppe wurde sie von einer der Lehrerinnen empfangen, die als Zeichen ihrer Würde eine Art Medaillon um den Hals trug. Diese geleitete sie durch eine große Tür in einen Saal, wo sie ihr einen Platz anwies.

Sie befand sich oben auf der Galerie, die die große Halle auf drei Seiten umgab. Unten war auf der einen Seite ein Podium aufgeschlagen und mit schweren, blausamtenen Vorhängen drapiert. Auf dem Tisch standen ein silbernes Lesepult und eine Vase mit prachtvollen Blumen. Im Hintergrund präludierte eine Orgel. Die Mädchen der einzelnen Klassen nahmen ihre Plätze ein, bis der große Raum und die Galerien gefüllt waren.

Zuletzt erschienen die Schülerinnen des obersten Jahrgangs, die besondere Sitze hatten. Eins der Mädchen sprach mit einer älteren Dame und entfernte sich dann. Mrs. Carawoods Augen leuchteten auf, als sie bald darauf die schlanke Gestalt auf sich zukommen sah.

Es war Marie. Ihr Gesicht hatte sich vor Freude gerötet, und sie kam eilig auf Mrs. Carawood zu. Sie reichte der alten Frau die Hand und drückte einen Augenblick die Wange an die ihre.

Nun erschienen unten die Lehrerinnen. Eine trug das große Gebetbuch. Eine große, majestätisch aussehende Dame folgte ihr. Sie hatte ernste, würdevolle Züge, schaute aber etwas müde auf die Versammlung.

John Morlay saß auf der gegenüberliegenden Seite der Galerie und beobachtete Mrs. Carawood und Marie Fioli. Er war einer der ersten gewesen, die die Galerie des großen Saals betreten hatten, und wartete nun schon über eine Viertelstunde, während die vielen jungen Mädchen nach und nach den Raum füllten.

Jetzt fiel ihm ein, dass er Mrs. Carawood schon in Ascot gesehen hatte, als sie aus dem Auto stieg. Sie musste etwa fünfzig Jahre alt sein, hatte eine dunkle Gesichtsfarbe und angenehme, freundliche Züge. Sie erinnerte John Morlay in gewisser Weise an eine Zigeunerin, denn sie hatte schwarze Haare, die noch nicht im mindesten ergraut waren. Und auf diese Entfernung hin konnte er auch nicht die kleinen Falten in ihrem Gesicht sehen, so dass es glatter und jugendlicher erschien, als es in Wirklichkeit war.

Aufs höchste erstaunt und interessiert betrachtete er Marie Fioli, als sie hereinkam. Er konnte sich zwar noch auf das schlanke junge Mädchen besinnen, das er vor einigen Monaten kennengelernt hatte, aber sie hatte sich inzwischen sehr verändert. Eine Frau konnte man sie noch nicht nennen, aber sie war unter keinen Umständen mehr ein Kind. John war geradezu begeistert von ihrem Aussehen. Als er sie das letztemal gesehen hatte, war sie jungenhaft schlank, etwas ungelenk und befangen gewesen. Aber nun bewegte sie sich harmonisch und natürlich, anmutig und formvollendet.

Es wurde eine kurze Andacht abgehalten, aber Morlay hörte die Worte der Direktorin nicht; er konnte den Blick nicht von Maries Gesicht abwenden. Und je länger er zu ihr hinüberblickte, umso verächtlicher und gemeiner erschien ihm die kaltblütige Art, mit der sich Julian Lester in den Besitz ihres Vermögens setzen wollte. Der Auftrag, den ihm der junge Mann erteilt hatte, war hässlich. John Morlay wollte nichts damit zu tun haben.

Als die Andacht vorüber war, traten Mrs. Carawood und Marie Fioli aus der Galerie in den Gang. Die alte Frau war immer in einer gewissen Hochstimmung, wenn sie bei der jungen Gräfin weilen durfte. Sie bemerkte den Fremden, der in ihrer Nähe stand und sie beobachtete. Es war ein großgewachsener, schlanker, hübscher Mann, der sie freundlich anlächelte.

„Ich habe doch die Ehre, Gräfin Fioli vor mir zu sehen?" fragte er höflich und hielt den Hut in der Hand.

Marie sah ihn einen Augenblick überrascht an, dann lachte sie leise.

„Ach, ich besinne mich auf Sie – Sie sind doch Mr. Morlay?"

Er war erstaunt, dass sie sich noch an ihn erinnerte.

„Mr. Lester hat Sie mir doch bei Rumpelmeyer vorgestellt."

Allmählich glättete sich die Stirn der älteren Frau wieder, und John glaubte zu bemerken, dass sie erleichtert aufatmete. Sie gingen zusammen bis zum äußeren Schultor, wo das junge Mädchen unversehens Mrs. Carawood umarmte und küsste. Dann nickte sie John noch einmal lächelnd zu und verschwand im Haus.

Einige Sekunden schwiegen die beiden anderen. Mrs. Carawood schaute noch auf die Tür, in der Marie verschwunden war.

John staunte, dass diese Frau die junge Gräfin so sehr verehrte. Schon dieses kurze Zusammensein hatte sie in freudige Erregung gebracht.

„Sie haben Ihre kleine Freundin sicher sehr gern?" sagte er freundlich.

Sie schrak zusammen und wandte sich nach ihm um.

„Ja, ich habe sie gern", erwiderte sie. „Es ist, als ob sie mein eigenes Kind wäre."

„Ich habe gehört, dass sie die Schule bald verlassen wird?"

Sie nickte.

„Nächste Woche. Sie wird jetzt ihren eigenen Haushalt führen."

Mrs. Carawood erklärte das mit einem gewissen Stolz.

„Ist sie nicht noch etwas sehr jung, um schon ihr eigenes Haus in Ascot zu halten? Oder geht sie vielleicht vorher noch nach Italien?"

Ihre Blicke trafen sich, und er sah, dass sie argwöhnisch wurde.

„Nein", erklärte sie kurz. Aber als ob sie ihren scharfen Ton bedauerte, fügte sie gleich hinzu: „Ich weiß nicht, was ich mit ihr anfangen soll. Sie ist wirklich noch sehr jung."

„Zu jung, um zu heiraten", entgegnete Morlay.

Er hätte vor allem gern erfahren, ob sie die Annäherungsversuche dieses eleganten Taugenichts Lester begünstigte, und seine unausgesprochene Frage wurde beantwortet, als er in ihr düsteres Gesicht sah.

„Ja, noch viel zu jung", wiederholte sie mit Nachdruck. „Außerdem hat Marie auch nicht den Wunsch, von mir fortzugehen."

Er konnte nicht gut noch länger bleiben, zog höflich den Hut und entfernte sich. Sie sah ihm nach, bis er um die nächste Ecke bog, und wandte sich dann an den Portier.

„Wer war eigentlich der Herr, Mr. Bell?"

„Meinen Sie den Mann, mit dem Sie eben sprachen?"

Sie nickte.

„Das ist Mr. Morlay. Er kam vor zwei Jahren einmal hierher. Man hatte ihn gerufen, damit er einen Betrug aufdecken sollte. Er ist nämlich so eine Art Privatdetektiv ..."

Ihre Hand zitterte plötzlich, und ihr Gesicht wurde grau. Der Portier sprach noch weiter über Mr. Morlay, aber sie hörte seine Worte nicht.

Ein Privatdetektiv! Ihr Herz schlug wild, während ihre Lippen noch einmal leise das Wort formten. Ein Privatdetektiv!

4

John Morlay bog in die breite Hauptstraße ein, die zu beiden Seiten von hohen Bäumen umsäumt wurde. Ab und zu blieb er vor einem der hübschen Läden stehen, aber er sah nichts von den ausgestellten Gegenständen. Nur Maries Bild stand ihm immer vor Augen. Bisher hatte er sich um Frauen sehr wenig gekümmert und sich fast ausschließlich seinem Beruf und dem Sport gewidmet.

„Es war nicht richtig, dass ich hierherkam", sagte er sich.

Während der Rückfahrt nach London dachte er über das Problem nach, das durch den Besuch Julian Lesters in sein Leben getreten war. Aufgrund seiner vielfachen Erfahrungen besaß er gute Menschenkenntnis und war deshalb fest davon überzeugt, dass Mrs. Carawood ein durchaus ehrlicher, aufrichtiger Charakter war.

Es war schon spät, als er in seiner Wohnung ankam. Er hatte im Zug zu Abend gegessen, schlüpfte nun in Hausjacke und Pantoffeln und setzte sich mit einem Buch in einen Lehnsessel, um sich die Zeit bis zum Schlafengehen zu vertreiben. Aber die Lektüre fesselte ihn nicht. Nach einigen vergeblichen Versuchen legte er den Band beiseite und begann über das Verhalten Mrs. Carawoods nachzudenken.

Plötzlich klingelte es an der Haustür, und nach einiger Zeit erschien sein Diener und meldete einen Besucher an, den John um diese Stunde am wenigsten zu sehen wünschte.

„Es tut mir leid, dass ich Sie störe, alter Freund", sagte Julian, als er mit seinem stereotypen Lächeln ins Zimmer trat. Er trug einen Abendanzug. „Ich habe mit der Familie Weirs zu Abend gegessen. Ich rief Sie an, um Sie auch einzuladen, aber Sie waren nicht zu Hause. Geht die Uhr auf dem Kamin richtig? Dann ist es ja schon zehn."

Er hatte den Frackmantel vorsichtig über die Lehne des Sofas gelegt und setzte sich nun in den bequemen Sessel.

„Ihr Diener erzählte mir, dass Sie nach Cheltenham gefahren seien. Außerordentlich liebenswürdig von Ihnen. Nach Ihrem Verhalten neulich im Büro dachte ich nicht, dass Sie bereit wären, den Fall zu übernehmen."

„Darin haben Sie sich auch nicht getäuscht. Ich habe nicht die Absicht, Ihren Auftrag auszuführen."

Lester runzelte die Stirn.

„Sie wollen mir nicht helfen?"

„Ich will Ihnen wenigstens eine Aufklärung geben", sagte John langsam. „Mrs. Carawood ist meiner vollen Überzeugung nach eine durchaus ehrliche Frau. Wenn Marie Fioli überhaupt ein Vermögen besitzt, dann ist es vollkommen sicher in den Händen ihrer Erzieherin, genauso sicher, als ob es auf der Bank von England läge."

Julian lächelte.

„Für einen Mann mit Ihrer großen Erfahrung –"

„Bei meiner Menschenkenntnis", unterbrach ihn John, „fällt es mir leicht, einen Verbrecher zu durchschauen, ganz gleich, ob es sich um einen Mann oder um eine Frau handelt. Und ich sage Ihnen, ich habe die größte Achtung vor Mrs. Carawood."

„Haben Sie sie eingehend nach allem gefragt?"

John füllte seine Shagpfeife und grinste.

„Selbstverständlich. Ich habe sie auf die Folterbank gespannt, und dann hat sie zugegeben, dass sie ehrlich ist! Meinen Sie, ich wäre so blöd, dass ich hinginge und sie geradewegs fragte? Dass ich sie traf, war ein Zufall – allerdings habe ich ihn herbeigeführt."

„Haben Sie auch Marie gesehen?" fragte Julian eifrig.

„Ja."

„Was halten Sie von ihr?"

„Meiner Meinung nach ist sie" – er zögerte einen Augenblick –, „sehr, sehr lieb. Außerdem bin ich davon überzeugt, dass sie für Sie viel zu jung ist."

Auf Julian machten diese Worte wenig Eindruck. Er war es gewohnt, dass sich die Leute ihm gegenüber unfreundlich und abweisend verhielten.

„Möglich", erwiderte er langsam. „Wenn wir alles mit der Goldwaage wiegen wollten, passten die Leute überhaupt nicht zusammen, mein Lieber. Ich habe Sie wirklich nicht engagiert, um das zu entdecken."

„Ich möchte vor allem zunächst klarstellen, dass Sie mich nicht engagiert haben. Es war eine Laune von mir, dass ich nach Cheltenham fuhr. Und ich wiederhole noch einmal, dass ich den Fall nicht übernehme."

Julian seufzte.

„Dann muss ich zu einem anderen gehen", sagte er missmutig. „Sie behandeln mich wirklich nicht liebenswürdig, John. Man sagt, Sie seien so unendlich klug und gewandt und könnten mit Leichtigkeit die Geheimnisse anderer Leute herausbringen. Deshalb dachte ich, dieser Fall müsste für Sie interessant sein. Wenn es sich nur um die Höhe des Honorars handelt, das Sie dafür beanspruchen –"

„Nein, darauf kommt es nicht an. Es ist eine Prinzipienfrage. Erstens übernehme ich derartige Aufträge nicht. Zweitens spioniere ich junge Mädchen nicht aus, ebensowenig eine ehrbare Frau, die sich um die Erziehung einer ihr anvertrauten Person bemüht. Wenn Sie etwas wissen wollen, dann gehen Sie doch zu Mrs. Carawood und fragen sie."

„Das tue ich nicht, denn sie lügt mich doch nur an. Außerdem würde ihr Argwohn erregt werden. Das ist der schlechteste Rat, den Sie mir geben können!"

„Glauben Sie?" erwiderte John ironisch und strich mit der Hand nachdenklich übers Kinn.

„Sie lehnen also die Bearbeitung des Falles definitiv ab?"

„Ja. Ich will nichts damit zu tun haben", erklärte John energisch.

„Wenn Sie mehr mit Damen verkehrten, würde ich sagen, dass Sie sich in Marie verliebt haben", meinte Julian und seufzte tief.

„Sie wissen doch, dass ich mir aus Frauen nicht viel mache", entgegnete John kurz und öffnete dann die Tür, so dass Julian nichts übrigblieb, als fortzugehen.

5

Mrs. Carawood wurde Tag und Nacht von dem Gedanken gequält, dass Mr. John Morlay ein Privatdetektiv war. In ihrem kleinen Büro in der Penton Street dachte sie dauernd darüber nach. Diese Entdeckung hatte sie in panischen Schrecken gestürzt, und sie hatte sich von ihrem Entsetzen noch nicht wieder erholen können. Aber sie war jetzt wenigstens fähig, klar und vernünftig zu überlegen. Einen Entschluss hatte sie gefasst: Sie musste alles daransetzen, diesen jungen Mann auf ihre Seite zu ziehen. Er musste ihr Freund werden, er durfte nicht eine unheimliche Drohung für sie bleiben. Aber wie sollte sie dieses Ziel erreichen?

Er mochte Marie gern. Einen kurzen Augenblick hatte sie gesehen, wie er das junge Mädchen voll aufrichtiger Bewunderung und Verehrung anschaute. Gefühlsmäßig wusste sie, dass er nur nach Cheltenham gekommen war, um Marie zu sehen. Wer hatte ihm den Auftrag dazu gegeben? Die Familie Fioli war nahezu ausgestorben; es gab keine Mitglieder des alten Adelsgeschlechts, die sich für das Mädchen interessieren konnten. Manchmal war dieser schreckliche Gedanke allerdings schon in ihr aufgetaucht.

Aber wenn andere Leute Privatdetektive bezahlen konnten, um die Geheimnisse um Marie zu lüften, konnte sie denn nicht auch derartige Leute engagieren, um sie zu hüten? Am Montag ging sie zu ihrem Rechtsanwalt und fragte ihn nach der Firma Morlay aus. Sie erfuhr, dass John bei seinen Geschäftsfreunden den besten Ruf genoss, und hielt es nun für ausgeschlossen, dass er eine Gefahr für sie bedeutete. Rasch entschied sie sich dafür, geradewegs in die Höhle des Löwen zu gehen.

John Morlay war aufs höchste erstaunt, als sie ihm gemeldet wurde. Er schob seine Arbeit zur Seite und erhob sich.

„Das ist aber ein unerwartetes Vergnügen, Mrs. Carawood", begrüßte er sie freundlich.

Ihre Lippen und ihr Gaumen waren trocken, und es dauerte ein paar Sekunden, bis sie sprechen konnte.

„Ich komme in einer geschäftlichen Angelegenheit, Mr. Morlay", erwiderte sie nervös.

„Es tut mir leid, das zu hören", entgegnete er lächelnd, während er ihr einen Stuhl hinschob. „Alle Leute, die herkommen, haben ihre Sorgen, und sie kommen erst dann zu mir, wenn sie von anderen Leuten rücksichtslos beschwindelt worden sind."

Sie schüttelte den Kopf.

„Ich bin nicht beschwindelt worden – und ich glaube auch nicht, dass mich so leicht jemand betrügen kann."

Aus dieser Bemerkung schloss er, dass sie mit ihren geschäftlichen Erfolgen und ihrer Tüchtigkeit zufrieden sein konnte.

„Nein, ich wollte Sie wegen einer anderen Sache fragen –"

Sie machte eine Pause, und er sah sie erwartungsvoll an.

„Es handelt sich um Mylady."

„Ach, Sie meinen die Gräfin Fioli?"

Sein Interesse stieg aufs höchste, als sie nickte.

„Sie ist doch nicht in irgendwelche Schwierigkeiten geraten?"

„Nein. Mylady versteht nichts von Geschäften. Es ist – es ist etwas anderes." Nach einer kleinen Pause fuhr sie fort: „Wie Sie sicher wissen, bin ich die Sachverwalterin für Mylady und kümmere mich auch um ihr Wohl und ihre

Erziehung. Als ihre Mutter starb, war Mylady nur ein paar Wochen alt. Die Gräfin übergab mir das Kind, und ich habe ihr versprochen, alles zu tun, was in meinen Kräften steht. Und seit dieser Zeit habe ich für Mylady gesorgt."

„Sie sind wohl Witwe?"

„Ja, ich stehe allein; ich habe keinen Menschen, auf den ich mich verlassen kann. Nicht einmal meinem eigenen Rechtsanwalt kann ich sagen, was ich Ihnen mitteilen möchte, Mr. Morlay, und gerade in diesem Augenblick fühle ich so sehr, dass ich die Hilfe eines Mannes brauche."

Sie machte wieder eine Pause. Als sie von zu Hause fortging, war ihr der Plan so überzeugend erschienen, aber nun fiel es ihr schwer, davon zu sprechen.

„Ich brauche jemanden, der die Interessen der jungen Gräfin wahrnimmt", sagte sie schnell, „jemanden, an den ich mich wenden kann, wenn es Schwierigkeiten und Sorgen geben sollte. Und ich dachte, Sie könnten mir vielleicht helfen."

Er war erstaunt über ihren Vorschlag, denn ein solches Angebot hatte er am letzten erwartet. Und er wollte auch nicht Beschützer und Schutzengel der Gräfin Fioli spielen.

„Ich weiß nicht recht, wie Sie das meinen, Mrs. Carawood."

„Ach, Sie verstehen mich doch ganz gut", sagte sie hartnäckig. „Wenn andere Leute Sie engagieren können, um Nachforschungen über die Gräfin anzustellen –"

„Es hat mich niemand zu diesem Zweck engagiert", unterbrach er sie. „Ich war nur neugierig, weil ich soviel von ihr gehört hatte."

Sie wusste instinktiv, dass das nur zu einem Teil wahr sein konnte, und vermutete, dass ihm tatsächlich ein Angebot gemacht worden war, das er aber abgelehnt hatte.

„Ich habe mich wahrscheinlich nicht gut ausgedrückt, ich habe nicht die Bildung wie Sie", erwiderte sie ein wenig hilflos. „Aber es ist doch schließlich nichts Besonderes, um was ich Sie bitte. Jeder Gentleman könnte das doch tun. Vielleicht handle ich nicht richtig, aber ich brauche einen Beschützer für das Mädchen. Mr. Morlay, ich kann Sie dafür bezahlen, ich bin nicht arm."

John lehnte sich in seinem Sessel zurück und beobachtete sie.

„Ich glaube, ich verstehe Sie jetzt. Es ist Ihr Wunsch, dass ich in gewisser Weise auf die junge Gräfin aufpasse. Es ist nicht ungewöhnlich, dass reiche Leute Privatdetektive für solche Zwecke anstellen. Aber leider ist das nicht mein Fach."

Er sah die Enttäuschung in ihrem Gesicht.

„Es wird mir aber ein Vergnügen sein, wenn ich eine derartige Tätigkeit ehrenhalber übernehmen darf", fuhr er fort. „Das heißt, wenn Sie es gestatten und wenn es der jungen Dame selbst nicht unangenehm ist."

„Sie wollen mir also helfen, aber keine Bezahlung dafür annehmen?" fragte sie eifrig.

„Sie haben mich vollkommen richtig verstanden."

Er lächelte sie an, aber sie schüttelte den Kopf.

„Die Sache soll rein geschäftlich zwischen uns geregelt werden. Ich möchte nicht, dass Sie es umsonst tun, sonst würde ich das unangenehme Gefühl nicht los, dass –"

Sie zögerte und suchte nach den rechten Worten.

„Dass Sie mir verpflichtet sind?" ergänzte er nach einer kurzen Pause.

„Aber was würde denn die Gräfin Fioli dazu sagen, wenn sie einen bezahlten Freund hätte?"

Der Gedanke war ihr noch nicht gekommen, und sie überlegte.

„Marie würde nichts dagegen haben", erwiderte sie schließlich, „wenn ich es gern sehe. Wollen Sie es für mich tun?"

Es war eigentlich ein ziemlich phantastischer Plan. Bei ruhigem Nachdenken hätte er ihn wohl doch noch abgelehnt. Aber Mrs. Carawood bat so dringend und sah ihn so flehentlich an, dass er nicht ruhig nachdenken konnte.

„Ich will alles tun, was in meinen Kräften steht", entgegnete er kurz. „Nun sagen Sie mir aber auch genau, welche Pflichten ich habe." Das hatte sie sich vorher schon überlegt.

„Sie wird ein paar Monate in Ascot wohnen – ich habe dort ein Haus für sie gekauft. Selbstverständlich sollen Sie nicht dauernd in Ascot sein, und auch sie bleibt nicht für immer dort. Wenn sie aber in London ist, möchte ich Sie bitten, sie zu begleiten. Ich weiß nicht, was alles passieren wird, aber ich fühle" – sie drückte die Hand aufs Herz –, „dass Marie Schweres bevorsteht. Und ich möchte jemanden haben, auf den ich mich verlassen kann, der mir hilft, wenn Schwierigkeiten entstehen."

Ein merkwürdiger Vorschlag. Er sollte ein junges Mädchen ausführen und ihren Beschützer spielen. Und dabei kannte er Marie Fioli doch nur ganz oberflächlich. John war über sich selbst erstaunt, dass er auf diesen sonderbaren Plan einging. Im Grund seines Herzens fand er sogar großen Gefallen an diesen Aussichten für die Zukunft.

Auf dem Rückweg wiederholte sich Mrs. Carawood noch einmal jedes Wort ihrer Unterhaltung mit Morlay. Es kamen ihr zwar leise Zweifel, aber im Augenblick war sie beruhigt, dass sie die Gefahr sofort erkannt und beseitigt hatte. Nun besaß sie einen Verbündeten statt eines Gegners, der ihr sehr gefährlich hätte werden können.

Als sie ihren Laden in der Penton Street erreichte, fand sie dort wie gewöhnlich Mr. Fenner vor, der in ein eifriges Gespräch mit Herman verwickelt war.

Mr. Fenner war ein Schreinermeister mit merkwürdigen, anarchistischen Anwandlungen, im übrigen aber ein kluger, tüchtiger Mann. Er sprach wie jemand, der gewohnt ist, als öffentlicher Redner aufzutreten. Meistens war sein Gesicht düster; er hasste den Adel und setzte sich für die Arbeiterklasse ein. Aber Mrs. Carawood nahm ihn in der Beziehung nicht ganz ernst. Jeden Abend, wenn er mit der Arbeit fertig war und zufällig nicht auf einer Versammlung sprach, machte er einen Besuch in der Penton Street. Um eine Entschuldigung für seine Anwesenheit war er nie verlegen. Er hatte den Parkettboden gelegt und die Wände mit Paneel verkleidet, und er war so zuvorkommend, dass er eine Bezahlung für seine Arbeit ablehnte. Aber in diesem Punkt blieb Mrs. Carawood fest; sie ließ sich nichts schenken. Im Lauf der Auseinandersetzung kam es sogar so weit, dass sie ihn aufforderte, den Laden zu verlassen. Dann einigten sie sich aber doch.

„Guten Abend, Mrs. Carawood", sagte Fenner. „Es ist schade, dass Sie nicht schon vorher hier waren, ich habe Herman gerade wieder einmal ein klares Bild der reichen Leute gezeichnet."

„Es wäre besser, wenn Sie ihn in Ruhe ließen. Und machen Sie den Mund nicht so weit auf! Sie haben mir doch erst vorige Woche erzählt, dass Sie selbst sechshundert Pfund auf der Bank haben."

„Das ist eine vollkommen irrige Auffassung, das ist kein Kapital, das sind Ersparnisse!" entgegnete Fenner ruhig.

Herman lachte laut auf.

Mr. Fenner sah den jungen Mann mitleidig an, sagte aber nichts.

6

John Morlay kam am nächsten Tag nach Büroschluss zu dem Laden in der Penton Street. Er wäre wieder fortgegangen, wenn er nicht einen Lichtschimmer durch eine Spalte in den Vorhängen gesehen hätte. Als er klingelte, wurde ihm sofort geöffnet, und in der ersten Überraschung legte Mrs. Carawood das Buch nicht beiseite, in dem sie eben noch gelesen hatte.

Die verächtliche Bemerkung Julian Lesters fiel ihm ein, und ein Blick auf den Titel bestätigte, dass sie einen gerade nicht sehr hohen literarischen Geschmack besaß. Als sie entdeckte, dass er auf das Buch sah, stellte sie es hastig zu den anderen Bänden ins Regal.

„Sie lesen wohl sehr viel, Mrs. Carawood?"

„Ja. Aber andere Bücher als Sie, Mr. Morlay."

„Nun, ich bin aber vielleicht deshalb doch nicht klüger", entgegnete er lächelnd. „Es gab auch bei mir eine Zeit, in der ich gern aufregende Romane las."

„Ach, jetzt sind Sie zu alt dazu?" fragte sie so naiv, dass er beinahe laut aufgelacht hätte.

„Selbst wenn man älter wird, hat man noch einen Hang zum Abenteuer. Diese Geschichten faszinieren immer."

Er war mit keiner besonderen Absicht gekommen. In Wirklichkeit hatte ihn eigentlich nur der Wunsch hergetrieben, mehr von Marie zu hören. Aber das wollte er sich selbst nicht eingestehen. Es fiel ihm schwer, die Sprache auf die junge Dame zu bringen, und sie kam ihm auch in keiner Weise entgegen. Herman verschwand in die Küche, kam bald darauf mit einem Tablett zurück und servierte Tee. Mrs. Carawood sagte entschuldigend, dass das ihr Lieblingsgetränk sei, das sie zu jeder Tageszeit genießen könne. John hatte dieselbe Schwäche. Schließlich blieb ihm nichts übrig, als direkt auf sein Ziel loszusteuern.

„Ich möchte Sie fragen, Mrs. Carawood, ob Sie sich schon Pläne über die Zukunft der Gräfin Fioli gemacht haben?"

Sie sah ihn besorgt an.

„Ich mache mir allerhand Gedanken darüber. Mylady müsste irgendetwas anfangen. Es ist nicht gut, wenn sie nichts zu tun hat. Sie kann sehr gut schreiben und hat einen vorzüglichen Stil; vielleicht könnte sie einen Roman verfassen?"

„Ich glaube, das ist nicht das Richtige", entgegnete er lächelnd.

Sie wurde rot und nickte. Er ärgerte sich, dass er sie durch seine Worte verletzt hatte. Sie war ziemlich empfindlich, wenn es sich um ihre mangelnde Bildung handelte. Erst nach einiger Zeit hatte er sie wieder so weit beruhigt, dass sie über Marie mit ihm sprach. Aber dann erfuhr er viel von ihrer Kindheit und von ihrem außergewöhnlichen Verstand. Die Frau erzählte ihm, Marie sei als kleines Kind schon so schön gewesen, dass sich alle Leute nach ihr umgedreht hätten.

„Sie hatte einen Kinderwagen, der allein zwanzig Pfund kostete", erklärte Mrs. Carawood stolz. „Innen war er ganz mit feinem Leder ausgeschlagen, natürlich rosa, wie es sich für ein Mädchen gehört ..."

So sprach sie dauernd weiter, und John hörte ihr zu, ohne dass sein Interesse erlahmte. Im Gegenteil, er konnte nicht genug von Marie erfahren.

„Sind Sie verheiratet?" fragte sie plötzlich.

„Nein. Enttäuscht Sie das?"

Sie sah ihn offen an.

„Sie sind ein Gentleman – und ich habe volles Vertrauen zu Ihnen. Vielleicht können die Leute sagen, es sei ein großer Fehler, Marie der Gesellschaft eines jungen Mannes anzuvertrauen. Aber sie ist ja noch so jung, und Sie sind ein Gentleman."

Ihre Worte hatten ihm plötzlich die Lage klargemacht, in der er sich befand. Bisher hatte er es vermieden, darüber nachzudenken.

„Mit anderen Worten, Mrs. Carawood, Sie wollen nicht haben, dass ich mich in die Gräfin Fioli verliebe?"

Er wollte die Frage im Scherz stellen, aber das gelang ihm nur halb.

„Nun gut", fuhr er fort, „wenn das doch passieren sollte, verspreche ich Ihnen, mich zuerst an Sie zu wenden, Mrs. Carawood, bevor ich ihr ein Sterbenswörtchen davon sage."

„Es ist ja auch nur zu erklärlich, dass sich die Leute in sie verlieben", erwiderte sie und nickte. „Dagegen kann man nichts machen. Ich würde auch nichts dazu sagen; nur –"

„Ich verstehe Sie sehr gut, Sie haben eine große Verantwortung. Und wenn ich mich Hals über Kopf in sie verlieben sollte, werde ich doch nie vergessen, dass ich beruflich für Sie tätig bin."

Mrs. Carawood seufzte tief. Das hatte sie ihm auch sagen wollen, als sie zu ihm gekommen war, aber sie hatte damals nicht den Mut gefunden, ihre Gedanken in Worte zu kleiden. Sie fürchtete, ihn damit zu beleidigen, und sie brauchte doch einen Freund in der Not.

John Morlay ging unruhig zu seiner Wohnung zurück. In wenigen Tagen hatte sich sein ganzes Leben geändert; er sah die Welt jetzt mit anderen Augen an. Das Schicksal hatte ihn gegen seinen Willen in eine sonderbare Lage gebracht, aber eigentlich war er gar nicht böse darüber.

7

Wehmütig dachte Marie daran, dass die Tage von Cheltenham nun hinter ihr lagen. Sie musste sich zusammennehmen, um die Tränen zurückzuhalten, die sich ihr in die
Augen drängen wollten, als sie im Zug saß. Sie fühlte sich
niedergeschlagen, nicht wegen des Lebens, das sie zurückgelassen hatte, sondern weil sie Angst vor der Zukunft
empfand.

Sie saß allein in der Ecke eines Abteils erster Klasse. Zeitungen und illustrierte Zeitschriften lagen neben ihr, aber
sie hatte keine Lust, darin zu lesen.

Als der Zug in Gloucester einlief, nahm sie einen Brief
aus ihrer Handtasche und las ihn halb lächelnd, halb stirn-
runzelnd, denn der Brief hatte einen ganz merkwürdigen
Inhalt. Auf John Morlay konnte sie sich sehr gut besinnen;
die Züge dieses interessanten Mannes vergaß ein junges
Mädchen nicht so leicht. Sie hatte öfter an ihn denken
müssen, nachdem er ihr zum erstenmal vorgestellt worden
war. Und dann war er vor ein paar Tagen nach Cheltenham
gekommen. Sie hatte sich damals schon gewundert, was er
dort zu tun hatte, aber der Brief gab ihr nun eine Erklärung:

„Meine liebe Contessa,

ich muss Ihnen eine große Neuigkeit mitteilen, wenn Mrs.
Carawood sie Ihnen nicht schon erzählt hat. Mit großer
Genugtuung, aber auch mit leiser Furcht, habe ich eine
Anstellung als Schutzengel, Begleiter und offizieller Fami-
lienfreund erhalten.

Ich werde Sie bei Ihrer Ankunft in Paddington abholen und während Ihres Aufenthaltes in Ascot stets in Ihrer Nähe sein. Vielleicht ist Ihnen diese Aussicht ein wenig unangenehm, aber ich bin sicher ein Schutzengel, der sich nicht zu sehr aufdrängen wird. Hoffentlich langweile ich Sie nicht zu sehr. Ich bitte Sie, es mir ganz frei und offen zu sagen, wenn Sie mich nicht brauchen können. Ich werde Sie zu Gesellschaften begleiten, und wenn es notwendig ist, tanze ich auch mit Ihnen, falls die Herren fehlen. Aber das wird wohl nur selten vorkommen. Um diesen Verpflichtungen in jeder Beziehung gerecht werden zu können, übe ich heimlich in meinem Büro. Als Tanzpartnerin nehme ich meinen Stuhl. Also, stellen Sie sich vor, wie ich hinter verschlossenen Türen mit dem Stuhl im Arm die schönsten Bewegungen und Drehungen mache. Ich möchte die erschreckten und erstaunten Gesichter meiner Angestellten sehen, wenn sie mich durchs Schlüsselloch beobachten.

Ich muss Ihnen übrigens noch die schauerliche Mitteilung machen, dass ich ein Detektiv bin. Selbst wenn Sie etwas enttäuscht sein sollten, muss ich aber doch der Wahrheit die Ehre geben und Ihnen erklären, dass es nicht meine Pflicht ist, böse Leute zu verhaften. Ich befasse mich auch nicht mit Morden, Einbrüchen und Gewalttätigkeiten, sondern bin hauptsächlich ein Detektiv für Handelsauskünfte und rechne meistens große Geschäftsbücher nach. Im Grunde habe ich wenig mit dem berühmten Sherlock Holmes gemein.

Mrs. Carawood hält es für nötig, dass jemand auf Sie aufpasst, und deshalb hat sie mich für diesen angenehmen Posten engagiert. Ich bin also in gewisser Weise ein Angestellter. Sie müssen mich daher John nennen, etwa so, als ob ich Ihr Diener wäre. Nennen Sie mich aber bitte nicht Mr. Morlay, denn ich bin kein Butler. Eines verspreche ich

Ihnen: Ich werde nicht die Sünden Ihrer Vergangenheit ausspionieren, ich werde auch keine Proben Ihrer Fingerabdrücke nehmen und nicht den Versuch machen, Ihnen irgendwelche Verbrechen in die Schuhe zu schieben, die in der Vergangenheit passiert sind.

Mit dem Ausdruck meiner aufrichtigen Verehrung

John Morlay."

Marie hatte den Brief schon mehrmals durchgelesen und amüsierte sich auch jetzt wieder darüber. Zu diesem Zweck hatte er ihn ja auch geschrieben. Diese Mitteilung war ihr in keiner Weise unangenehm; sie wusste ja, dass Mrs. Carawood etwas nervös und ängstlich war, wenn es sich um sie handelte. Und John Morlay war im Grunde genommen ein wirklich netter junger Mann. Marie dachte sogar darüber nach, ob sie sich wohl in ihn verlieben würde. Solche Gedanken waren in ihrem Alter natürlich, und außerdem hatten ihre Freundinnen ihr oft von ihrer Sehnsucht nach romantischen Erlebnissen vorgeschwärmt.

Als der Zug im Bahnhof einlief, hielt der Wagen, in dem Marie saß, direkt vor John Morlay.

Es hatte geregnet, und er sah in dem Regenmantel, der bis über die Knie reichte, besonders stattlich und groß aus.

„Melde mich zur Stelle", begrüßte er sie, nahm ihre Hand und drückte sie vorsichtig. „Ich bin mir noch nie in meinem Leben so wichtig vorgekommen. Und wenn ich offen sein soll", fuhr er feierlich fort, obwohl sie ihn freudestrahlend anlachte, „habe ich mich nur dadurch dazu bringen können, meine Pflicht voll und ganz aufzunehmen, dass ich mir vorstellte, Sie wären ein großer Kasten voll Gold, den ich auf die Bank von England bringen muss, damit er unterwegs nicht von bösen Dieben gestohlen wird. Der

Wagen zum Transport wartet", fügte er mit einer würdevollen Handbewegung hinzu. Sie lachte nur noch mehr, so dass seine anfängliche Nervosität vollkommen schwand.

„Sie haben einen sehr schönen Anfang gemacht, Mr. Morlay – ach so, ich muss Sie ja John nennen."

„Ja, sagen Sie John. Soll ich Sie sofort nach Pimlico bringen, oder wollen wir erst eine Tasse Tee zusammen trinken?"

„Wenn ich es mir überlege, ist eine Einladung zum Tee verlockend. Ich habe immer um elf Uhr morgens gefrühstückt. In unserer Schule war das eine strenge Regel."

Er fuhr mit ihr zum Hyde Park, wo eben ein Erfrischungspavillon geöffnet wurde. Unter einem großen Baum ließen sie sich in bequemen Stühlen nieder und tranken Tee.

„Sie sind wohl mit Mrs. Carawood sehr befreundet?"

„Ja, wir sind wie Bruder und Schwester", erklärte John feierlich.

„Aber Sie müssen mir wirklich richtig Auskunft geben. Ich glaube ja, dass sie Sie sehr gut kennt, sonst hätte sie mich niemals Ihrer Obhut anvertraut."

„Ich denke, sie hat große Menschenkenntnis", erwiderte er. „Im Ernst, Contessa –"

„Wollen Sie nun auch so gut sein, mich als Zimmermädchen zu betrachten und mich einfach Marie zu nennen?" fragte sie vergnügt. In der Schule hatte ich den Spitznamen Moggy, aber wir kennen uns noch nicht lange genug, dass Sie den schon verwenden dürften."

Er schüttelte den Kopf.

„Gut, dann bleibt es bei Marie. Und ich heiße John."

Morlay war über sich selbst erstaunt. Noch nie hatte er soviel Witze gemacht, niemals war er so aus sich herausgegangen. Er war doch ein gesetzter, ruhiger Geschäftsmann in mittleren Jahren, der sich eigentlich dementsprechend würdevoll benehmen musste. Einige Zeit scherzte er noch mit ihr, dann wurde sie plötzlich ernst.

„Die Welt lag früher für mich so fern, aber jetzt ist alles plötzlich Wirklichkeit geworden; es gibt so viele Dinge, vor denen ich mich fürchte. Ich kann es kaum begreifen – noch vor einer Woche habe ich einen Aufsatz über Wilhelm den Eroberer geschrieben, und jetzt sitze ich hier neben Ihnen im Hyde Park. Es ist alles so sonderbar, so phantastisch – und dass Sie an meiner Seite sitzen, ist das Seltsamste von allem –"

„Kennen Sie eigentlich Julian Lester?"

Sie warf ihm einen schnellen Blick zu.

„Ja. Warum fragen Sie danach? Selbstverständlich kenne ich ihn", erwiderte sie fast vorwurfsvoll. „Er hat Sie mir doch vorgestellt. Er ist mit einer meiner Freundinnen entfernt verwandt, und ich finde ihn eigentlich ganz nett. Sie nicht auch?"

„Ja, er ist recht nett", sagte John wenig begeistert. „Schreibt er Ihnen öfter?"

Hätte er auch nur einen Augenblick nachgedacht, so hätte er niemals gewagt, eine derartige Frage an sie zu richten. Ein erstaunter Blick aus ihren tiefblauen Augen traf ihn.

„Natürlich schreibt er mir", entgegnete sie etwas kühl und warf den Kopf leicht zurück. „Sprechen Sie jetzt als Detektiv?"

„Ach, das war nur eine neugierige Frage. Ich habe mich um Dinge gekümmert, die mich nichts angehen", erklärte er schnell, um den Fehler wiedergutzumachen. „Sehen Sie, Marie, ich muss doch wissen, wer Ihre Freunde sind und mit wem Sie ???fehlende Zeile im Buch che Ansprüche; gern las sie Abenteuerromane, wie überhaupt aus Versehen dem falschen Mann mit dem großen Gummiknüppel, den ich mir für Ihren Schutz angeschafft habe, auf den Kopf.

Von morgen ab werde ich ihn wie ein Gewehr über der Schulter tragen, wenn ich mit Ihnen ausgehe."

Die nächste Viertelstunde saß er neben ihr und schwieg. Sie plauderte über ihre Mitschülerinnen und ihre Lehrerinnen, über Kissenschlachten im Schlafsaal und all die kleinen Ereignisse, die jungen Mädchen wichtig erscheinen.

Nur widerwillig zahlte er schließlich die Rechnung und brachte Marie zum Wagen zurück. Je mehr sie sich der Wohnung in der Penton Street näherten, desto ruhiger und ernster wurde sie.

„Kennen Sie Nanny wirklich sehr gut?"

„Sie meinen Mrs. Carawood? Nein, das nicht. Ich traf sie das erstemal an dem Tag, als ich nach Cheltenham kam."

Marie seufzte.

„Ach, sie ist so gut und lieb zu mir gewesen! Wissen Sie, Mr. – John, manchmal kommt mir der Gedanke, dass ich gar nicht so reich bin, wie die Leute immer glauben."

„Wie kommen Sie denn darauf?"

Sie schüttelte den Kopf.

„Ich weiß es nicht", erwiderte sie unsicher. „Julian hat schon ein paarmal mit mir darüber gesprochen, das heißt, er hat es eigentlich nur angedeutet, dass ich entsetzlich reich sein soll. Aber ich weiß doch von all den Dingen gar nichts. Schließlich drang er darauf, dass ich Nanny fragen sollte, ob sie einen Teil meines Vermögens in Aktien angelegt habe – ich vergaß den besonderen Namen der Papiere ..."

„Aber warum glauben Sie denn, dass Sie nicht reich sind?"

„Weil mir Nanny das sicher gesagt hätte", entgegnete sie ruhig. „Ich habe manchmal das Gefühl, dass ich nicht einen Penny besitze und dass sie mich nur auf diese gute Schule geschickt hat, weil sie mich so gern hat."

Ihre Stimme zitterte ein wenig, und John schwieg.

„Würde es Sie sehr schmerzen, wenn Sie arm wären?"

Sie schüttelte wieder den Kopf.

„Nur in einer Beziehung: Ich möchte etwas für sie tun. Sie hat so hart gearbeitet, und diese Villa in Ascot ist eine große Verschwendung. Wenn sie sich nicht um mich sorgen und mir ein so glänzendes Leben verschaffen wollte, könnte sie bestimmt ihre Kleiderläden zumachen und brauchte für den Rest ihres Lebens nicht mehr zu arbeiten."

„Haben Sie ihr nicht schon einmal den Rat gegeben?"

„Doch einmal", gab Marie zu. „Aber das hat sie sehr verletzt. Oh, ich glaube, es würde einen großen Unterschied für mich machen, wenn ich nicht so reich wäre."

„Ja, da haben Sie recht", sagte er so nachdenklich, dass sie ihn verwundert ansah.

Und sie hatte auch allen Grund dazu, denn John Morlay wurde zum erstenmal in seinem Leben rot.

8

Mrs. Carawood war ein Rätsel, selbst für die Leute, die geschäftlich mit ihr zu tun hatten. Der Laden in der Penton Street war durchaus nicht ihr bestes Geschäft, obwohl sie von dort aus ihre vielen Niederlassungen leitete. Sie hatte eine Filiale in der Nähe des Hanover Square, eine andere in der Upper Regent Street und einige in den großen Vorstädten Londons.

Zuerst hatte sie einen Handel mit gebrauchten Kleidern eröffnet, aber jetzt bestand nur noch in einem Geschäft eine Abteilung mit getragenen Mänteln. Sie hatte hauptsächlich berufstätige junge Mädchen zu Kundinnen, denen sie für billiges Geld die modernsten Modelle verschaffte. Bei ihr kostete die Ware natürlich nur ein Viertel des Preises, den die vornehmen Läden im Westen Londons forderten. Es kam keine Mode auf, die sie nicht auch sofort führte. Sie hatte sich auf diese Kundschaft spezialisiert, und ihr Geschäft warf verhältnismäßig viel ab. Nachdem sie dieses Gebiet einmal entdeckt hatte, blieb sie auch dabei und hütete sich, Experimente zu machen. Die Grossisten kannten sie als eine fleißige, tüchtige Frau; die Geschäftsführer in ihren verschiedenen Filialen wussten, dass sie in kürzester Zeit die Bücher revidieren und dass man ihr nichts vormachen konnte. Aber niemand kannte sie eigentlich genauer. Selbst die Leute, die sich noch darauf besinnen konnten, wie sie ihren ersten Laden aufmachte, und die ihre spätere erfolgreiche Laufbahn verfolgten, wussten nichts von ihrem Privatleben.

Sie wohnte über dem Geschäft in der Penton Street, aber bei ihren Einkünften hätte sie leicht eine größere und luxuriösere Wohnung haben können. Sie stellte nur verhältnismäßig einfache Ansprüche; gern las sie Abenteuerromane, wie überhaupt ein romantischer Zug durch ihr Leben ging. Stundenlang konnte sie an ihrem Schreibtisch sitzen und vor sich hinträumen. Und Herman, der sie sehr gut kannte, störte sie niemals dabei.

Für diesen hochaufgeschossenen jungen Mann war sie das größte kaufmännische Genie, das jemals gelebt hatte.

Jetzt, da Marie zurückgekommen war, hatte sie keine Zeit mehr zum Träumen. Alle ihre geschäftlichen Sorgen, selbst die neuen Herbstmoden, wurden unwichtig.

Sie musste vor allem erklären, warum sie John Morlay engagiert hatte, aber das ging verhältnismäßig leicht.

„Eine gute Idee", sagte Marie ernsthaft. „Ich glaube kaum, dass sich andere Leute soviel Mühe und Sorge um ihre Schutzbefohlenen machen."

„Er ist ein Gentleman, und ich schenke ihm volles Vertrauen", entgegnete Mrs. Carawood. „Es gibt mir ein gewisses Sicherheitsgefühl, dass ich ihn um Rat fragen kann, wenn ..." Sie zögerte.

„Woran denkst du, Nanny? Glaubst du, dass Leute, die sich unsterblich in mich verlieben, mich entführen? Oder dass mich Banditen gefangennehmen, um nachher Lösegeld für mich zu fordern?"

Sie sah plötzlich den Ausdruck des Schreckens im Gesicht der Frau und änderte sofort ihren scherzhaften Ton.

„Niemand wird mir etwas tun, Nanny!"

„Nein", entgegnete Mrs. Carawood kurz.

„Ich habe keinen bösen Feind oder einen längst verschollenen Onkel?"

Mrs. Carawood wurde dunkelrot.

„Nein, das nicht", sagte sie laut. „Wer hat dir denn solche Gedanken in den Kopf gesetzt?"

„Niemand – ich mache nur einen Scherz. Ich habe auch gar nichts gegen Mr. Morlay. Er ist sehr nett, viel netter als Julian. Der ist zwar auch sehr liebenswürdig und freundlich, aber ich weiß nicht – irgend etwas fehlt ihm. In der Schule sagten wir, er hat nicht den richtigen Dreh. Es ist sehr beruhigend, wenn man einen Mann wie John Morlay in der Nähe hat. Er ist ein Mittelding zwischen Vater, Bruder und gutem Onkel."

Eine längere Pause trat ein.

„Nanny, wie war denn eigentlich mein Vater?"

Mrs. Carawood fuhr zusammen. „Dein Vater, mein Liebling?" fragte sie heiser. „Warum fragst du denn danach?"

Marie lachte leise.

„Nun, das ist doch nicht unnatürlich. Hast du eigentlich ein Foto von ihm?"

Die ältere Frau schüttelte den Kopf.

„Nein. Ich habe ihn niemals gesehen. Er starb vor deiner Geburt, und bevor ich ins Haus deiner Mutter kam."

Marie stützte sich auf die Stuhllehne und sah auf die sonnenbeschienene Straße hinaus.

„Wenn ich nur wüsste, wie er aussah", sagte sie nachdenklich. „Merkwürdig, sich vorzustellen, dass er gar nicht Englisch sprechen konnte! Wohnte er eigentlich in Rom? Ich hoffe es. Ich habe schon versucht, mir einmal vorzustellen, wie er gelebt hat. Bestimmt besaß er eine sehr große, stattliche Villa, die im Innern kühl und dunkel war. Im Winter waren die Zimmer etwas feucht, und überall hingen alte Familienwappen."

„Ja, sein Haus war wahrscheinlich größer als dein kleines Haus in Ascot."

Mrs. Carawood war traurig, und Marie fühlte, dass sie ihre Sorgen unter einem Lächeln verbergen wollte. Nur selten hatte Marie Fioli bisher an ihre alte Familie gedacht. Im großen und ganzen war sie ein Kind ihrer Zeit und hatte nur moderne Interessen.

Mrs. Carawood holte die Grundrisse und Pläne der kleinen Villa hervor, ebenso eine Mappe, in der sich die Abbildungen der Möbel von Ascot befanden.

Marie wusste sehr wenig über Mrs. Carawood, die in ihrer Gegenwart niemals von geschäftlichen Dingen sprach. Ihr Schreibtisch in dem kleinen Büro war immer sehr gut aufgeräumt, und als Marie einmal nach Briefpapier suchte, entdeckte sie, dass alle Schubladen sorgfältig abgeschlossen waren. Nie hatte sie mit Marie über deren Vermögen gesprochen.

Marie bekam alles Geld, das sie brauchte. Mrs. Carawood zahlte jeden Monat eine beträchtliche Summe auf ein besonderes Bankkonto ein. Sie hatte Marie sicher sehr gern. Nur ein einziges Mal wurde sie ärgerlich, und Marie dachte noch mit Schrecken an dieses Erlebnis.

Es war am Abend des gleichen Tages. Den ganzen Nachmittag hatte sie mit John Morlay Einkäufe gemacht und war dann zur Penton Street zurückgekehrt, um den Abend mit Mrs. Carawood zusammen zu verbringen. Herman, der auch im Haus schlief, war von seiner Herrin ins Kino geschickt worden, und so waren die beiden allein.

Mrs. Carawood war in Maries Zimmer gegangen, um die Koffer auszupacken und Maries Garderobe durchzusehen. Marie schrieb indessen unten im Erdgeschoss Briefe an ihre Freundinnen im College in Cheltenham.

Plötzlich hörte sie, dass die Glocke an der Seitentür klingelte. Sie öffnete die Tür, obwohl Mrs. Carawood ihr besonders ans Herz gelegt hatte, dies nicht zu tun, sondern sie zu rufen. In dem kleinen Flur brannte das Licht nicht, und nachdem Marie vergeblich am Schalter gedreht hatte, öffnete sie die Tür. Draußen stand ein Mann.

„Sind Sie es, Mrs. Carawood?" fragte er leise. „Heute abend hat er dies hinterlassen und gesagt, dass er morgen eine Antwort wünsche. Ich komme morgen früh um acht wieder."

„Ich bin nicht Mrs. Carawood", entgegnete Marie, „aber ich werde ihr die Bestellung ausrichten."

Einen Augenblick stutzte er, aber dann beruhigte er sich.

„Schon gut. Geben Sie ihr das. Aber bestimmt, Miss, und erzählen Sie ihr auch genau, was ich Ihnen gesagt habe."

Sie schloss die Tür und nahm den Brief ins Wohnzimmer mit. Die Schrift war sehr schlecht und zeigte, dass der Schreiber wenig Bildung besaß. Das Kuvert war an Mrs. Hoad adressiert, und in einer Ecke stand ›Dringend‹.

Mrs. Hoad? Der Mann musste sich geirrt haben. Marie ging wieder zur Tür und sah die Straße entlang, aber er war spurlos verschwunden. Vielleicht konnte sie eine Adresse in dem Brief selbst finden? Unentschlossen betrachtete sie das Kuvert von außen. Als sie es aber gerade öffnen wollte, hörte sie Mrs. Carawood hinter sich und drehte sich um. Ihre Blicke begegneten sich.

„Was hat das zu bedeuten?" fragte Mrs. Carawood scharf.

Sie riss Marie den Brief aus der Hand, warf einen Blick auf die Adresse und steckte dann den Umschlag in ihre Tasche.

„Lass es dir niemals einfallen, Briefe aufzumachen, Marie – nie wieder!"

Ihre Stimme klang hart, fast drohend.

Ohne ein weiteres Wort wandte sich Mrs. Carawood um und verließ das Zimmer.

9

Inspektor Peas liebte es, Leute unerwartet zu besuchen. Gesellschaftlich war er nicht sehr auf der Höhe; er hielt nie Verabredungen ein, nicht einmal mit seinen Vorgesetzten, und wenn er zufällig in die Nähe eines Freundes kam, den er versprochen hatte zu besuchen, klingelte er einfach, auch wenn der Zeitpunkt denkbar ungeeignet war.

Eines Abends kam er auch zu John Morlay und fand seinen Bekannten damit beschäftigt, den Gothaer Adelskalender durchzusehen. Peas schaute verächtlich auf das kleine Buch, das ein vollkommenes Verzeichnis des ganzen Adels Europas enthält, legte den Hut auf den Boden und nahm Platz.

„Es hat doch keinen Zweck, das Ding zu lesen", sagte er. „Wenn Sie wissen wollen, welcher Gaul das Rennen in Ascot macht, kann ich Ihnen einen Tip geben, der todsicher ist."

Peas hatte eine Schwäche: Er schloss gern Rennwetten ab. Allerdings wusste er mit Pferden ziemlich gut Bescheid und verdiente sogar Geld damit, obgleich ihm das als Polizeibeamten eigentlich streng verboten war.

John schlug das Buch zu. Unaufgefordert nahm sich Peas eine Zigarette.

„Den Kerl hätten wir gestern abend beinahe gefasst."

„Wen meinen Sie denn?" fragte John und stopfte seine Pfeife.

„Ich meine den Einbrecher, dem die Zeitungen den Spitznamen ‚Die einsame Hand' gegeben haben."

„Ach, den! Es gibt aber sicherlich ein ganzes Dutzend solcher Leute, die keine Komplicen haben."

Der Inspektor schüttelte den Kopf.

„Es gibt nur drei, die den Einbruch verübt haben könnten. Einer von ihnen sitzt im Gefängnis, ein anderer liegt im Krankenhaus – also bleibt nur noch der eine übrig. Wir haben alle anderen Möglichkeiten eliminiert."

„Großartig ausgedrückt!" erwiderte John ironisch.

Peas blies vier Ringe hintereinander in die Luft.

„Es kann auch eine Frau sein. Da hätten die Zeitungen ja wieder etwas zu schreiben."

„Warum glauben Sie denn, dass es eine Frau ist?" fragte John neugierig.

„Der Einbrecher wäre beinahe durch den Wachmann in der Bond Street gefangen worden. Der Wächter hatte sich versteckt und beobachtete ihn, und als er unerwartet zusprang und ihn fassen wollte, schrie der Kerl!"

„Es kommt auch vor, dass Männer schreien."

Peas nickte.

„Das habe ich auch gesagt. Aber der Wachmann schwört, dass der Einbrecher nach Parfüm roch."

„Auch Männer benützen Parfüm", entgegnete John, und Peas musste das wieder zugeben.

„Na, auf jeden Fall ist der Kerl entkommen – an einer Regenröhre ist er hinuntergeklettert. Zuerst glaubten sie, er wäre so rechtzeitig überrascht worden, dass er nichts hätte stehlen können, aber heute morgen entdeckte man; dass er eine Vitrine geöffnet und einen großen, viereckigen Saphir mitgenommen hat."

„Damit wäre die Sache also erledigt", sagte John.

Peas seufzte schwer.

„Die Leute wollen es nicht verstehen", erklärte er. „Sie wissen, dass ich den Fall bearbeite, und da müsste ihnen doch ganz klar sein, dass ich den Dieb fasse, wenn überhaupt ein Mensch dazu imstande ist. Aber was tun sie? Große Artikel erscheinen in den Zeitungen: >Was macht die Polizei?< Sie behaupten, wir schlafen in Scotland Yard, bringen lange Listen von Einbrüchen, die nicht aufgeklärt worden sind, und sagen, ein großer Prozentsatz von Verbrechen würde überhaupt nicht gesühnt ... Aber man muss andererseits doch auch folgendes bedenken: Wenn ein Mann heute in der Bond Street in einen Juwelierladen einbricht und man nichts mehr von ihm hört, wird er doch seine verbrecherischen Neigungen nicht mit einemmal los. Er begeht also weitere Diebstähle und wird vielleicht drei Monate später in Liverpool gefasst. Dort packt ihn die Polizei, er wird verurteilt, und niemand weiß etwas davon."

„Warum vermuten Sie eigentlich, dass es eine Frau war?" fragte John noch einmal.

Peas sah ihn nachdenklich an und spitzte die Lippen, als ob er pfeifen wolle.

„Kennen Sie Mrs. Carawood?" fragte er dann unerwartet.

John Morlay sah ihn groß an.

„Mrs. Carawood? Ja. Ich habe sogar schon beruflich mit ihr zu tun gehabt."

Der Inspektor nickte.

„Sie ist eine ziemlich wohlhabende Frau. Man könnte sie sogar reich nennen.

John lachte.

„Sie meinen doch nicht etwa, dass sie den Einbruch verübt hat?"

Zu seinem Erstaunen stellte Peas das nicht in Abrede.

„Sie hat eine Menge Geld – mehr als sie aus ihrem alten Kleiderhandel beziehen kann. Sie muss also sonst noch ein Nebengeschäft haben, und ich möchte herausbringen, was das ist."

„Was könnte das denn sein, wenn Sie sie von dem Einbruch freisprechen?" fragte John ironisch.

56

„Sie fährt zweimal im Jahr nach Antwerpen. Das ist etwas merkwürdig für eine Frau, die ein Kleidergeschäft betreibt. Auf der anderen Seite ist es nicht merkwürdig für jemanden, der Schmuckstücke verkaufen will."

„Ach, das ist doch Unsinn", unterbrach ihn John ärgerlich. „Ich weiß nicht, ob sie nach Antwerpen fährt oder nicht; aber wenn sie das tut, bin ich ganz sicher, dass sie guten Grund dazu hat."

„Es ist nicht einmal ein Gedanke", entgegnete Peas diplomatisch. „Es ist nur die vorsichtige Erwägung einer entfernten Möglichkeit. Haben Sie schon einmal überlegt, was ein Fragezeichen ist? Ein Angelhaken, den Sie auswerfen, um etwas zu fangen. Sehen Sie, das ist einer meiner eigenen Geistesblitze. Ich habe schon daran gedacht, einmal in den Zeitungen darüber zu schreiben."

„Nun, die werden sich ja freuen", erwiderte John spöttisch. Aber das focht Inspektor Peas nicht an.

„Ich bin ein Mann von großer Erfahrung. Ich bezweifle, ob es sonst noch jemanden in Scotland Yard gibt, der so viel über die inneren Zusammenhänge der Verbrechen weiß wie ich. Bei dem schlimmsten Fall, den ich einmal bearbeitete, handelte es sich um ein verschüchtertes Mädchen. Wenn man sie verhörte, war sie entsetzlich bescheiden und wurde fast bei jeder Antwort rot. Sie vergiftete ihren Bruder, und niemand konnte ihr etwas nachweisen. Später vergiftete sie ihren Mann und kam damit durch. Wenn ich damals gleich die Sache bearbeitet hätte, wäre es anders ausgegangen, aber unglücklicherweise wurde der Fall meinem Vorgesetzten übertragen, und so ist sie jetzt mit einem reichen Argentinier verheiratet und sitzt im Vorstand aller möglichen Wohltätigkeitsvereine – sehen Sie, so ist das Leben."

„Wozu erzählen Sie mir solche Märchen?" fragte John ärgerlich.

Peas war inzwischen aufgestanden und betrachtete ein Bild.

„Das ist ein richtiges Ölgemälde, und wahrscheinlich handgemalt", erklärte er. Denselben dummen Witz hatte er mindestens schon vierzigmal gemacht. Plötzlich wandte er sich um.

„Diese Mrs. Carawood hat eine ganze Anzahl von Geschäften in London. Soweit ich herausgebracht habe, lebt sie verhältnismäßig bescheiden. Bei ihr wohnt ein sehr ungebildeter junger Mann, den sie auf ihre Art und Weise adoptiert hat. Ich möchte nur wissen, was sie mit der Gräfin Fioli zu tun hat."

„Was soll das heißen?" entgegnete John gereizt. „Sie ist die Pflegerin der jungen Dame; die alte Gräfin hat bei ihrem Tod das Kind der Obhut von Mrs. Carawood anvertraut."

Wieder verzog Peas ungläubig die Lippen.

„Mich geht die Sache ja nichts an, aber es ist alles so merkwürdig und ungewöhnlich. Das junge Mädchen gefällt mir sehr gut, ich habe sie schon mehrmals gesehen. Ich war auch auf dem Bahnsteig in Paddington, als Sie sie abholten – sie hat eine Villa in Ascot, die ziemlich viel Geld kostet. Der Lebensunterhalt dort ist nicht billig."

Er sprach nicht weiter über dieses Thema, sondern kam wieder auf den Einbrecher zurück.

„Im allgemeinen kümmern wir uns in Scotland Yard nicht um so einfache Einbrüche, aber natürlich achten wir auf das Auftauchen ungewöhnlicher Verbrecher in London, wenn wir sie nicht mit den bisher bekannten in Verbindung bringen können.

Die Polizei hat herausgefunden, dass sich die Verbrechen dieses neuen Mannes ziemlich gleichen. Seine Methoden sind ungewöhnlich. Er hat weder jemanden, der Schmiere steht, noch sonst einen Verbündeten, der ihm hilft. Und jedesmal benützt er einen Schlüssel, um die

Geldschränke zu öffnen, wenn andere Leute ein Stemmeisen nehmen würden."

„Haben Sie einen Anhaltspunkt?" fragte John, der sich für diese Sache weniger interessierte.

Peas nickte.

„Ja. Ich versuche auch damit weiterzukommen, aber ich habe mich wohl gehütet, meinen Vorgesetzten Bericht zu erstatten. Es besteht nämlich immer Gefahr, dass sich andere Leute das zunutze machen und nachher den Erfolg für sich in Anspruch nehmen."

Peas warf sich in die Brust und lächelte. Es kam selten vor, dass er in so heiterer Stimmung war, und John sah ihn erstaunt an.

„Werden Sie übrigens auch an der Gesellschaft teilnehmen?"

„An welcher Gesellschaft?"

„An der Hauseinweihung in Ascot. Na, Sie werden auf jeden Fall eingeladen."

„Woher wollen Sie denn das wissen?"

„Ich weiß alles", erklärte Peas.

John war am nächsten Morgen eifrig tätig. Er hatte eine telefonische Unterredung mit Mrs. Carawood, die ihn bat, sie und Marie nach Ascot zu begleiten. Zu seiner Verwunderung erfuhr er, dass die Hauseinweihung tatsächlich beabsichtigt war und nicht nur in der Phantasie des Polizeiinspektors existierte. Am Sonnabend vor dem Rennen sollte sie stattfinden, und von da ab sollte Marie ihren eigenen Haushalt führen. Er verabredete sich mit ihr und begleitete sie am nächsten Morgen bei ihren Einkäufen. Die beiden kauften Porzellan, Gläser, Silberbestecke und alle möglichen anderen Haushaltsgegenstände.

Mrs. Carawood kam es nicht so sehr auf den Preis an. Sie handelte nicht, und er war erstaunt über die großen Summen, die sie bei dieser Gelegenheit ausgab.

Zu seinem größten Ärger tauchte auch Julian auf. Er erzählte, dass er bei seinem Verleger gewesen sei. John erinnerte sich nun auch dunkel, dass Julian ein Buch über irgendeine geheimnisvolle Angelegenheit schreiben wollte. Diese Absicht hatte der junge Mann schon, solange er ihn kannte.

Für John Morlay waren diese Einkäufe ziemlich langweilig, aber Julian fühlte sich hier in seinem Element. Er wusste mit allen Haushaltsdingen Bescheid, und der Einkauf schöner Gegenstände machte ihm große Freude. John Morlay trat immer mehr in den Hintergrund, und schließlich ärgerte er sich so sehr, dass er sich verabschiedete. Und er fühlte sich zurückgesetzt, als Marie nicht den geringsten Versuch machte, ihn zurückzuhalten.

Er aß in einem kleinen Klub in der Nähe der St. James's Street, und zufällig saß er bei Tisch gerade dem Verleger gegenüber, den Julian am Morgen aufgesucht hatte.

„Sagen Sie mir, hat denn dieser Lester heute Morgen die Leute getroffen, von denen er so viel erzählte? Er hat mein Telefon eine ganze halbe Stunde lang benutzt. Schließlich hat er sich mit Ihrem Büro in Verbindung gesetzt. Der Mensch ist wirklich ziemlich aufdringlich."

„Bin ganz Ihrer Ansicht", erwiderte John. Dann fiel ihm das Buch ein, das Julian schreiben wollte.

„Sie werden ja sicher ein dickes Manuskript von ihm bekommen?"

Der Verleger lächelte. „Das ist noch nicht so ganz sicher. Bis jetzt hat er es noch gar nicht geschrieben. Er hat immer so viele Bedenken, dass er gar nicht vorwärtskommt. Schon seit Jahren sammelt er alle möglichen Daten und Einzelheiten. Er wird nicht ein Zehntel des Geldes zurückbekommen, das er dafür ausgelegt hat."

„Was ist denn der Inhalt? Schreibt er vielleicht darüber, wie man sich kleiden und benehmen soll?"

„Ich möchte auch gern wissen, wovon es handelt. Zuerst wollte er eine Geschichte der englischen Flotte verfassen. Das letzte Mal, als ich mit ihm darüber sprach, beschränkte er sich nur auf unterirdische Gewölbe und Gefängnisse in den Adelssitzen. Dann äußerte er auch schon die Absicht, über unsere modernen Strafgefängnisse zu schreiben. Er hat mir das Buch schon vor vier Jahren versprochen – ich habe aber noch keine einzige Seite seines Manuskripts erhalten. Er tut immer so geheimnisvoll damit. Glücklicherweise verlangt er keinen Vorschuss. Schließlich braucht er das ja auch nicht."

„Ich dachte, er wäre nicht sehr vermögend?" fragte John.

Zu seinem Erstaunen schüttelte der Verleger den Kopf.

„Er ist ziemlich reich, aber geizig. Ich bin fest davon überzeugt, dass er mich heute Morgen nur deshalb besucht hat, weil er nichts für das Telefon ausgeben wollte. Übrigens war er vor zwei Monaten auch bei mir, gerade an dem Tag, als die amerikanischen Börsen zusammenbrachen. Daher weiß ich auch, dass er ziemlich wohlhabend sein muss. An dem Tag hat er gegen dreißigtausend Pfund verloren, und doch tut er so, als ob nichts geschehen wäre. Es scheint ihm nichts auszumachen, und das kann doch nur der Fall sein, wenn er ein großes Vermögen hat. Er ist nicht nur reich, er will auch immer noch reicher werden. Er will eine sehr wohlhabende junge Dame heiraten – heute Morgen hat er eine Bemerkung darüber gemacht. Wissen Sie vielleicht, um wen es sich handelt?"

„Ich kenne eine solche junge Dame, aber ganz bestimmt wird er die nicht heiraten", erklärte John grimmig.

Auch John Morlay bekam einen Beweis für Julians übertriebene Sparsamkeit, die man schon Geiz nennen konnte. Am nächsten Sonnabend kam Julian elegant gekleidet zu Morlay und bat, ihn im Wagen nach Ascot mitzunehmen. Julian machte aus seinem Herzen keine Mördergrube und erklärte unterwegs, warum er ihn um den Gefallen gebeten habe. Seinem Chauffeur zahlte er nur einen verhältnismäßig geringen Lohn, weil er ihm Sonnabends und sonntags immer freigab. „Wenn er mich am Wochenende nach Ascot fahren sollte, würde mich das fast zwei Pfund kosten, ganz abgesehen vom Benzin."

„Sie sind ein ganz gemeingefährlicher Geizhals!"

„Regen Sie sich doch nicht auf, mein lieber Junge. Wenn Sie durchaus etwas zum Fenster hinauswerfen wollen, dann lesen Sie lieber Kieselsteine auf. Aber Sie sollten kein Geld wegwerfen, ein Pfund ist eben ein Pfund. Es kann Ihnen doch gleich sein, ob Sie mich im Auto mitnehmen oder nicht – kostet Sie ja keinen Cent mehr. Sie tun einem anderen damit einen Gefallen, das muss Ihnen doch eine innere Befriedigung geben. Wenn ich in kleinen Dingen nicht sparte, wäre ich auch nicht imstande, Ihnen ein großes Honorar anzubieten, falls ich Ihre Dienste in Anspruch nehme. Und ich könnte auch nicht den Stoff für mein Werk sammeln."

„Ach, das Buch über die unterirdischen Gefängnisse?"

Julian lächelte.

„Sie haben mit meinem Verleger gesprochen. Auch ein Mann, der niemals den Mund halten kann. Nein, ich schreibe nicht über unterirdische Gefängnisse, aber es wird trotzdem sehr interessant werden. Der Verleger hat mir zwar gesagt, dass ich kein Geld damit verdiene, aber mein Name wird bekannt."

„Nun, das können Sie leichter erreichen, wenn Sie irgendeinen aufsehenerregenden Mord begehen", entgegnete John ironisch.

Julian schüttelte den Kopf. Er nahm die Bemerkung sogar ernst.

„Ich kenne niemanden so gut, dass ich ihn umbringen könnte."

Sie mussten einige Zeit warten, bis die Schranken beim Eisenbahnübergang in Sunningdale geöffnet wurden.

„Es tut mir furchtbar leid, dass Sie meinen Auftrag nicht angenommen haben. Ich traue Ihnen nämlich vollkommen. Wahrscheinlich gibt es aber auch gar nichts Geheimnisvolles über Mrs. Carawood herauszubringen. Ich hoffe jedenfalls, dass es so ist."

„Aber Sie vermuten doch, dass noch eine große Summe von dem Vermögen der jungen Gräfin Fioli übriggeblieben ist?"

Julian nickte, ohne sich im mindesten zu schämen.

„Sie dürfen deshalb aber nicht glauben, dass ich Marie nur des Geldes wegen heiraten will."

„Sie werden sie überhaupt nicht heiraten, mein Freund", erwiderte John kurz. „Erstens mag sie Sie nicht, und zweitens dulde ich es nicht. Es wäre besser, wenn Sie sich darum kümmerten, dass endlich das Manuskript zu Ihrem Buch fertig wird."

Julian lächelte selbstzufrieden.

Das Haus in Ascot war wirklich nicht sehr groß. Die schöne Diele, mit weißer Holztäfelung verkleidet, war allerdings geräumig, aber Wohn- und Speisezimmer waren ziemlich klein.

Marie kam ihnen bis zur Haustür entgegen und führte John dann durch das ganze Gebäude. Sie war wie ein Kind, das sich über ein neues Spielzeug freut, fühlte sich als Hausherrin und zeigte ihm sogar Küche und Keller, Speisekammer, den elektrischen Kochherd, den neuen Kühlschrank und all die vielen modernen Einrichtungen, die die Hausarbeit erleichtern.

Mrs. Carawood hatte kein Geld gespart. Schließlich führte sie ihn auch noch die Treppe hinauf und zeigte ihm ihr wunderbares Schlafzimmer mit angrenzendem Ankleideraum und Bad. Es war traumhaft schön.

„Ach, es ist herrlich!" rief sie. „Ich werde das ganze Jahr hierbleiben. Der Garten wird mit Blumen bepflanzt – es ist wundervoll!"

„Und was machen Sie sonst noch?" fragte John ruhig.

Sie sah ihn plötzlich ernst an, und er machte sich schon Vorwürfe, dass er ihre fröhliche Stimmung gestört hatte.

„Ich weiß es noch nicht – ich habe es mir auch schon überlegt, dass ich etwas tun muss. Heute Morgen habe ich mit Nanny darüber gesprochen. Sie will nicht zulassen, dass ich das ganze Jahr hierbleibe, ich soll nur ein paar Monate in Ascot verbringen. Während der anderen Zeit soll ich Reisen ins Ausland machen. Aber ich muss doch etwas arbeiten, John! Ich werde mir eine Schreibmaschine kaufen und stenografieren lernen. Julian hat schon gesagt, dass er mir dann sein Manuskript diktiert. Er zahlt mir ein sehr anständiges Monatsgehalt."

„Nun, das wird nicht so viel sein. Julian zahlt schlecht", entgegnete John unfreundlich. „Hat Mrs. Carawood nicht einen anderen Plan?"

„Nein, sie mag nichts davon hören, dass ich etwas arbeite. Sie sagt immer, das sei ganz unnötig."

Große Glastüren führten vom Schlafzimmer auf den Balkon. Die beiden traten hinaus und sahen den kleinen, gepflegten Garten unter sich und durch eine Öffnung zwischen den Bäumen eine weite Fläche fruchtbarer Felder. Dahinter erhob sich eine Kette von Hügeln, und darüber wölbte sich der strahlende Abendhimmel. Es war ruhig, still und friedlich. Der Wind trug einen Duft von Tannen und frischgeschnittenem Gras herüber.

„Sie dürfen sich nicht mit einem ruhigen Leben hier zufriedengeben", sagte er nach einer langen Pause. „Schön, Sie stehen morgens in dieser schönen Umgebung auf, lesen die Zeitungen, spielen etwas Golf und Tennis, fahren dann zur Stadt, um Einkäufe zu machen, kommen zurück und legen sich schlafen. Wollen Sie sich damit zufriedengeben? Nein, Sie sind zu Besserem als einem so eintönigen Leben bestimmt."

Sie seufzte und nickte dann.

„Ich habe mir verschiedenes überlegt –"

„Aber fangen Sie ja nicht an, sich in wohltätigen Vereinen oder dergleichen zu betätigen!"

„Aber was kann ich denn sonst tun?" fragte sie ungeduldig und vorwurfsvoll.

„Sie müssen arbeiten! Sagen Sie doch Mrs. Carawood, dass Sie ihr im Geschäft helfen wollen. Lernen Sie etwas über Kleider!"

„Das habe ich ihr ja auch schon gesagt, aber sie war ganz entsetzt, als sie das hörte. Es bleibt mir gar nichts anderes übrig, als zu heiraten ..." Sie warf ihm einen schnellen Blick zu. „Was sagen Sie dazu?"

In diesem Augenblick trat Mrs. Carawood mit Julian auf den Balkon, und dadurch wurde John der Antwort enthoben.

Julian passte vorzüglich in diese Umgebung. Er war ein angenehmer Gesellschafter, konnte unterhaltend sein, wenn man es von ihm verlangte, aber er konnte auch schweigen, wenn es am Platz war. Er verstand es, Mrs. Carawood viel Angenehmes über den schönen Landsitz zu sagen, und ließ sich durch die Abendlandschaft in eine geradezu lyrische Stimmung bringen.

Früher hatte sich John Morlay niemals viel um Julian gekümmert. Er wusste eigentlich nur, dass sich der junge Mann sehr elegant kleidete und immer tadellos gebundene Krawatten trug. In Julians Gegenwart fühlte sich John immer etwas unbeholfen und schlecht angezogen. Für gewöhnlich lächelte er nur über diese übertriebene Betonung des Äußeren, aber heute fühlte er sich zum ersten Mal in den Schatten gestellt.

Julian war wirklich ein ausgezeichneter Unterhalter; alles, was er sagte, klang interessant und passte gut zu den Brillantknöpfen. Er kannte alle möglichen Leute, auch berühmte Schriftsteller und Maler, und wusste höchst intime Skandalgeschichten aus ihrem Privatleben.

John schwieg während des größten Teils der Mahlzeit, aber dann kam doch ein Gespräch mit Mrs. Carawood zustande. Sie selbst trug nicht viel zu der Unterhaltung bei; in dieser Umgebung schien sie mehr denn je durch ihren Mangel an Bildung und Umgangsformen bedrückt zu sein. John übernahm gern die Führung, und in kurzer Zeit hatte er sich in seine Rolle gefunden. Es gelang ihm sogar, Julian in den Schatten zu stellen, so dass selbst Marie ihm zuhörte.

Vor allem wollte er feststellen, ob Mrs. Carawood tatsächlich ab und zu nach Antwerpen reiste. Es war ja möglich, dass sich die Sache sehr einfach und harmlos aufklärte. Geschickt brachte er die Unterhaltung auf den Weltkrieg, auf Belgien, Brüssel und die Städte an der Küste.

„Kennen Sie auch Antwerpen, Mrs. Carawood?"

Sie sah ihn schnell an und zögerte ein wenig.

„Ja, ich bin schon dort gewesen."

„Was, du warst in Antwerpen, Nanny?"

Marie schien das bisher nicht gewusst zu haben.

„Ja, mein Liebling, ich war dort – ich hatte geschäftlich in der Stadt zu tun. Es gibt dort eine Konfektionsfabrik, bei der ich viel einkaufe. Die Leute sind sehr geschickt im Kopieren französischer Modelle und die Preise günstig."

„Merkwürdig, dass gerade in Antwerpen eine solche Firma existiert", meinte Julian. „Ich habe noch nie gehört, dass gute Modemodelle aus Antwerpen kommen."

„Wieso?" fragte Mrs. Carawood kühl. „Eines der besten Modelle der letzten Saison wurde von einem Fischer in Aberdeen entworfen."

Die Unterhaltung wandte sich wieder anderen Dingen zu, und Julian gelang es aufs neue, Marie in ein angeregtes Gespräch zu verwickeln. Er neigte sich näher zu ihr, und sie schien recht vertraut mit ihm zu sein. Die Unterhaltung mit Mrs. Carawood wurde für John Morlay immer weniger interessant.

Plötzlich lehnte sich Marie über den Tisch.

„Nanny, kann Julian mir wohl ein Geschenk machen?"

„Ein Geburtstagsgeschenk", sagte Julian bescheiden.

Mrs. Carawood schien nicht sehr erfreut zu sein, denn sie runzelte die Stirn.

„Es ist ja eigentlich nichts dagegen einzuwenden", erwiderte sie jedoch, da ihr kaum etwas anderes übrigblieb.

Ihre Stimme klang ablehnend. John fühlte, dass die Frau Julian nicht leiden konnte; infolgedessen wuchs seine Zuneigung zu ihr.

„Es ist nur ein Ring – ein kleines Schmuckstück", entschuldigte sich Julian. „Ich sah ihn neulich bei Crather in der Bond Street. Das Geschäft wurde übrigens bestohlen, es ist dort eingebrochen worden."

„Maries Geburtstag liegt aber doch schon drei Monate zurück", bemerkte Mrs. Carawood.

„In der Schule hätte sie den Ring doch nicht tragen können", protestierte Julian.

Sie sah John an, als ob sie erwartete, dass er sich dazu äußern solle.

„Das mag stimmen", gab sie dann zu. „Ich habe es nicht gern, wenn du Schmuck trägst ..., aber das ist ja schließlich ein Geschenk, das dir jemand anders auch machen könnte."

Sie zögerte und machte eine kleine Pause. „Ich meine, es bedeutet nichts –"

„Nein, es bedeutet durchaus nichts", entgegnete Marie lachend und wandte sich wieder an Julian. „Also, ich gebe Ihnen die Erlaubnis. Sie können den Umfang meines Fingers messen. Ich habe eine gewisse Schwäche für Smaragde." Sie streckte den Finger aus.

Julian seufzte.

„Der Ring, den ich Ihnen schenken wollte, hat gerade keinen so kostbaren Stein. Es ist ein italienischer Siegelring."

„Aus poliertem Aberdeen-Granit", sagte John hitzig. „Sie können ihn ruhig annehmen, Marie, es ist kein wertvolles Geschenk."

Julian sah ihn verärgert an

10

Bevor sie am Abend zur Stadt zurückkehrten, nahm Mrs. Carawood John beiseite und fragte ihn ein wenig ängstlich, was er an der Feier auszusetzen gehabt hätte, doch selbst wenn er keine Rücksicht auf sie nahm, konnte er eigentlich nur wenig beanstanden. Er sagte aber ganz offen, dass der Diener in der grauen Livree mit den Silberverschnürungen etwas zu aufdringlich gewirkt hätte. Sie selbst gab das auch sofort zu.

Morlay ließ Julian nur widerstrebend in Ascot zurück. Er war sehr ungehalten über das Telegramm aus New York, das ihn zwang, nach London zurückzukehren. Er hatte zwar versprochen, am Sonntagmorgen wiederzukommen, aber die Arbeit, die er in seinem Büro vorfand, beschäftigte ihn bis zum Nachmittag, und als er damit fertig war, glaubte er, es wäre zu spät, um noch aufs Land zu fahren.

Einen Sonntag allein in London zu verbringen ist eine traurige Angelegenheit. Er rief daher Inspektor Peas an, der Dienst in Scotland Yard hatte, und auf dessen Aufforderung hin fuhr er zum Polizeipräsidium am Themseufer. Als er in das Büro trat, fand er den Inspektor in Hemdsärmeln an einem Tisch, auf dem viele Fotos ausgebreitet lagen.

Die meisten stellten Männer dar, und jedes war mit einer großen Nummer versehen. Die Gesichtszüge der abgebildeten Leute wirkten abstoßend, auch waren sie in wenig günstigen Stellungen aufgenommen.

„Eine Galerie von Schönheiten, finden Sie nicht auch? Sämtliche Herrschaften sind Einbrecher, die mindestens schon einmal bestraft worden sind, manche aber viel öfter. Sehen Sie zum Beispiel den hier? Der ist direkt eine Berühmtheit – sechsmal wegen Einbruchs verurteilt, zur Zeit noch im Gefängnis."

„Sie suchen wohl immer noch nach Ihrer ‚Einsamen Hand'?" Peas nickte.

„Ich halte natürlich die Augen offen. Einmal schaue ich nach dem Verbrecher aus, andererseits aber auch nach dem Hehler. Die Leute, die diesen Schmuck zu Geld machen wollen, müssen schon ziemlich viel Erfahrung darin haben, denn je kostbarer die Stücke sind, die sie stehlen, desto schwieriger ist es, sie unterzubringen."

„Es müsste aber doch leicht für Sie sein, alle Hehler in London zu kennen."

„Jeder große Hehler ist der Kriminalpolizei in Scotland Yard auch bekannt. Wir haben aber in allen Fällen zu wenig Beweismaterial, um die Leute zur Verurteilung zu bringen. Außerdem hat es auch einen gewissen Vorteil, wenn wir sie in Freiheit lassen. Einige von ihnen wissen sogar genau, dass wir über ihre wahre Tätigkeit informiert sind, aber sie halten sich für so schlau, dass sie glauben, wir könnten sie nicht fassen. Das ist natürlich ein Irrtum." John Morlay wusste wenig von der Art und Weise, wie die Polizei mit Verbrechern umging.

„Welche Leute kaufen denn gestohlene Schmucksachen auf? Sind es Händler?"

„Ein paar Juweliere sind darunter, einige haben sogar große Läden und einen ziemlich hohen Umsatz in ihrem offiziellen Geschäft. Ich kenne auch zwei Altkleiderhändler –"

John lachte laut auf.

„Mrs. Carawood ist also auch eine Hehlerin – ich meine, in Ihren Augen?"

„Nein, an die dachte ich im Augenblick nicht. Übrigens haben wir ihren letzten Besuch in Antwerpen genau untersucht. Sie fährt tatsächlich dorthin, um Kleider einzukaufen, hauptsächlich billige Seidenware. Wir haben eine Bestätigung vom Zollamt."

Er schob die Fotos zusammen und machte ein Gummiband darum.

„Sie haben sie also nicht länger in Verdacht?"

„Doch, sie ist immer noch verdächtig. Und was das Wichtigste ist, ich bearbeite ihre Personalakten. Das ist ziemlich gefährlich für sie. Im Vertrauen kann ich Ihnen ja sagen, dass sie uns einiges zu raten aufgibt."

Er sah auf die Uhr und drückte dann auf einen Klingelknopf. „In zehn Minuten ist mein Dienst zu Ende. Wollen Sie einmal sehen, wie ein wirklicher Kriminalbeamter arbeitet? Wenn ich von einem wirklichen Kriminalbeamten spreche, meine ich natürlich einen Meister seines Fachs."

„Mit anderen Worten – Sie meinen sich selbst."

„Wen sonst?"

Bald darauf erschien ein Beamter und holte die Fotos, die Peas in einen Umschlag gesteckt hatte. Dann telefonierte der Inspektor noch mit einem gewissen Arty, der ihn ablösen sollte. Nachdem das alles erledigt war, zog Peas sein Jackett an und griff nach seinem Hut. Dann gingen die beiden in die warme Abendluft hinaus.

„Merkwürdig, dass Sie vorhin gerade von dieser Mrs. Carawood gesprochen haben", sagte der Inspektor, als sie nach Westen wanderten. „Ich habe mich nämlich fest entschlossen, heute Abend dieses kleine Geheimnis zu lüften. Ich glaube, der junge Mann in ihrem Laden kann mir einigen Aufschluss geben. Er scheint ehrlich zu sein. Auch dieser Fenner, der sehr oft hinkommt, ist wohl ein ganz brauchbarer, anständiger Mensch. Es ist doch merkwürdig, dass eine Frau, der eine junge Aristokratin nahesteht, keine Freunde in besseren Kreisen besitzt."

„Wohin gehen Sie denn jetzt?" fragte John argwöhnisch.

„Zur Penton Street. Ich möchte mich mit Herman unterhalten."

John schüttelte den Kopf.

„Ich werde Sie bis zur Tür des Ladens begleiten, aber ich will nicht Zeuge sein, wie ein richtiger Kriminalbeamter arbeitet. Wahrscheinlich könnte ich es nicht schweigend mitanhören, wenn Sie diesen Herman ausfragen. Er ist schließlich ein Angestellter meiner Auftraggeberin."

„Viel werde ich wohl sowieso nicht aus ihm herausbringen. Aber vielleicht bekomme ich durch eine Unterredung mit ihm eine Anregung. Vielleicht macht er irgendeine brauchbare Andeutung. Er weiß natürlich bedeutend mehr über Mrs. Carawood, als er mir gesagt hat."

„Haben Sie schon vorher mit ihm gesprochen?"

„Ja, mindestens ein halb dutzendmal."

John Morlay war es ganz neu, dass Mrs. Carawood die Beamten von Scotland Yard derartig interessierte. Ab und zu hatte er ja einen Einblick in die Methoden der Polizei gehabt. Er wusste auch, dass es in Scotland Yard nichts Neues war, wenn sich die Beamten lange Zeit mit den Verhältnissen irgendwelcher Personen beschäftigten und alle möglichen Nachforschungen anstellten, die im Grunde auf nichts hinausliefen und keine greifbaren Resultate zeitigten, wenn sich herausstellte, dass die verdächtige Person vollkommen unschuldig war.

Die Dunkelheit brach herein, als sie zur Penton Street kamen. Die Straßen und Gassen lagen zu dieser späten Stunde vollkommen verlassen. Sie hielten dem Laden gegenüber an. „Ich halte es für das Beste, dass ich Sie allein lasse, wenn Sie Ihre Nachforschungen anstellen. Von Herman werden Sie ja wohl kaum irgendwelche Verbrechen erfahren. Im Gegenteil, es wird sich herausstellen, dass Mrs. Carawood vollkommen ehrlich ist."

Peas war gerade im Begriff, zum Laden hinüberzugehen, als ein kleines Auto in die Straße einbog und vor der Seitentür des Geschäfts hielt. Mrs. Carawood stieg aus; John Morlay erkannte sie sofort. Allem Anschein nach war sie allein.

Als sie auf die Tür zuging, öffnete sich diese sofort und blieb eine Weile offenstehen. Nach einiger Zeit kam Herman heraus, schloss sie sorgfältig, stieg in den Wagen und fuhr fort.

„Heute Abend können Sie sich also nicht mit Herman unterhalten", sagte John.

Er war erstaunt über das plötzliche Auftauchen von Mrs. Carawood, denn er hatte sie doch in Ascot zurückgelassen, und so viel er wusste, hatte sie durchaus nicht die Absicht gehabt, zur Stadt zu fahren. Es war ihm außerdem vollkommen neu, dass sie selbst ein Auto besaß und fahren konnte. Vielleicht hatte sie den Wagen irgendwo in einer Garage in Ascot untergestellt. Nicht einmal Marie wusste davon.

„Ich gäbe viel darum, wenn ich wüsste, warum sie von Ascot nach London gekommen ist", meinte der Inspektor nachdenklich.

„Es ist doch nichts Außergewöhnliches daran, wenn sie am Sonntagabend in die Stadt fährt", erwiderte John.

Der Kriminalbeamte schüttelte den Kopf, sagte jedoch nichts mehr darüber, sondern sprach von anderen Dingen, besonders über die Häuser in der Umgebung. Bevor verschiedene Hausinhaber hier Mietwohnungen eingerichtet hatten, war dies einmal eine vornehme Straße gewesen. Peas wusste sehr gut in Pimlico Bescheid.

Es hatte nicht den Anschein, als ob Herman bald zurückkehren würde. Peas machte gerade eine Bemerkung darüber, als sie sahen, dass sich die Seitentür des Ladens wieder öffnete und eine Frau vorsichtig auf die Straße trat. Sie schaute sich ängstlich nach rechts und nach links um. Wahrscheinlich hatte sie die beiden Männer nicht bemerkt.

Es war Vollmond; die Seite der Straße, an der der Laden lag, war hell erleuchtet, aber die andere lag in tiefem Schatten.

John sah verblüfft zu der Frau hinüber. Mrs. Carawood war gut gekleidet gewesen, als sie aus dem Auto stieg und den Laden betrat, aber jetzt glich sie nahezu einer Vogelscheuche. Selbst bei Mondlicht konnte er erkennen, dass sie in Lumpen gehüllt war. Sie trug einen altmodischen, abgetragenen Hut und ein ärmliches Kleid und verschwand bald mit raschen Schritten in einer Seitenstraße.

„Was halten Sie davon?" fragte Inspektor Peas düster. „Die ist ja die reinste Lumpenliese!"

John nickte.

„Sind Sie neugierig und wollen Sie mich begleiten? Oder soll ich allein gehen?"

„Ich komme mit!" sagte John und folgte dem Inspektor schnell über die Straße.

Sie konnten die Frau bald wieder vor sich sehen und holten allmählich auf. So vergingen etwa zehn Minuten. Als sie dann wieder in die Hauptstraße einbog, rief sie ein Taxi an. Die Tür schlug hinter ihr zu. Das Auto fuhr ab und war schon außer Sicht, als es Inspektor Peas endlich gelang, ein zweites Taxi aufzutreiben. Aber nach einiger Zeit hatten sie das Glück, den ersten Wagen wieder zu erreichen. Die Fahrt ging durch Piccadilly, durch die verlassene Innenstadt, dann über die Tower-Brücke in der Richtung nach Rotherhithe. Dort stieg Mrs. Carawood aus. Die beiden fuhren an ihrem Wagen vorbei, um kein Aufsehen zu erregen, und als Inspektor Peas durch das hintere Fenster schaute, sah er, dass sie in eine enge Gasse einbog. Er ließ sofort den Wagen halten, sprang heraus und folgte ihr. Gerade als sie an der Straßenbiegung ankamen, konnten sie noch sehen, dass sie in einem kleinen Haus verschwand.

Es war keine verkommene, aber doch eine ziemlich ärmliche Gegend. Die Häuser waren klein, und Morlay schloss daraus, dass hier viele Arbeiter wohnten. Als sie die Straße weiter hinaufgingen, stellten sie fest, dass die Frau in Haus Nr. 17 gegangen war.

Sie kehrten zur Hauptstraße zurück. Das Auto, in dem Mrs. Carawood angekommen war, hatte inzwischen gewendet und wartete nun in einiger Entfernung auf der anderen Seite der Straße. Dicht dahinter stand eine große, elegante Limousine, ein ungewöhnlicher Anblick in dieser Gegend. Peas ging darauf zu und betrachtete den Wagen.

„Wem gehört der Wagen?" fragte er.

„Sir George Horbin", entgegnete der Chauffeur.

Das war der Name eines berühmten und bekannten Spezialarztes aus der Harley Street.

„Was macht Sir Horbin denn in dieser Gegend?"

„Er ist zu einem schweren Fall gerufen worden", erwiderte der Chauffeur gleichgültig.

Einen Augenblick später warf er seine Zigarette fort und öffnete die Tür. Ein untersetzter Mann näherte sich dem Wagen und stieg eilig ein.

„Nach Hause!" sagte er kurz, und der Chauffeur fuhr ab.

„Die Leute hier in Rotherhithe müssen ja viel Geld haben", meinte Peas. Er sah sich um und dachte darüber nach, ob hier in der Nähe ein Hospital oder ein Krankenhaus lag. Aber das war nicht der Fall.

Als die beiden wieder auf die andere Seite der Straße gingen und an der Ecke der kleinen Gasse vorüberkamen, sahen sie, dass Mrs. Carawood das Haus Nr. 17 verließ. Sie blieb einen Augenblick stehen und sprach noch mit einem Mann, dann eilte sie zur Hauptstraße zurück. Die beiden folgten ihr wieder bis zur Penton Street und warteten, bis sie ins Haus gegangen war. Zehn Minuten später erschien das kleine Auto wieder vor der Seitentür. Herman stieg aus, öffnete die Tür mit einem Schlüssel, und kurz darauf trat Mrs. Carawood, elegant gekleidet, aus dem Haus.

„Die Garage muss hier in der Nähe liegen", sagte Peas. „Herman hat nur so lange dort gewartet, bis sie ihn anrief. Ich glaube kaum, dass er etwas von dieser Verkleidung weiß."

Mrs. Carawood stieg wieder ein, und sie schauten dem Wagen nach, bis das rote Schlusslicht außer Sicht kam.

„Ich glaube, es hat keinen Zweck, dass ich heute Abend noch mit Herman spreche", meinte der Inspektor. „Aber eines kann ich Ihnen sagen – wenn ich dieses Geheimnis nicht aufklären kann, reiche ich meine Kündigung ein und fange an, Kriminalromane zu schreiben."

Am Dienstagmorgen fuhr John nach Ascot, wo er zur Frühstückszeit ankam. An diesem Tag wurden die Rennen eröffnet, und John Morlay trug einen eleganten Cut und Zylinder, da Mrs. Carawood eine Loge auf den Tribünen gemietet hatte. John hielt sich für sehr gut angezogen, bis er die kleine Villa erreichte und dort Julian sah. Dann wusste er, dass er seinen Meister gefunden hatte.

„Sieht er nicht fabelhaft aus?" fragte Marie. „Ich habe ihn schon den ganzen Morgen bewundern können. Warum er sich bereits vor dem Frühstück angezogen hat, mag der Himmel wissen. Wir haben doch noch viel Zeit bis zum Beginn des Rennens."

„Glänzend", gab John zu, seine Stimme klang aber etwas ironisch.

Mr. Julian Lester fühlte sich jedoch dadurch in keiner Weise angegriffen oder verlegen.

Als die beiden allein waren, erzählte er John, wie herrlich es am Sonntag noch gewesen sei. Den vorigen Abend hatte er mit Marie zugebracht, und er glaubte, dass er sich mit ihr verständigt hätte.

„Verstehen Sie unter Verständigung etwa Verlobung?" fragte John, dem bei diesem Gedanken schwach wurde.

„Das gerade nicht. Ich wollte damit nur sagen, dass Marie und ich nahezu dieselbe Lebensauffassung haben."

„Das kann ich aber durchaus nicht glauben." John erinnerte sich plötzlich an das nächtliche Abenteuer. „Ist Mrs. Carawood in die Stadt gefahren?"

„Nein, sie hat nur ein paar Freunde in der Nachbarschaft besucht. Ich habe sie nicht danach gefragt, wie die Leute heißen. Ich habe immer den Eindruck, dass man sie besser in Ruhe lässt. Es wäre ja möglich, dass sie – geschäftlich zu tun hätte –" Julian nahm John beim Arm und ging mit ihm quer über den gutgepflegten Rasenplatz.

„Ganz offen gesagt, John, die Situation mit Marie ist ein wenig heikel. Wissen Sie auch, dass das arme Kind nicht die geringste Ahnung davon hat, wie ihr Geld angelegt ist oder ob sie überhaupt ein Vermögen besitzt? Sie sagte mir sogar, sie hätte das Gefühl, dass sie nicht einen einzigen Shilling besäße und ganz von der Güte von Mrs. Carawood abhängig wäre."

„Warum sind Sie eigentlich so scharf darauf, etwas über das Vermögen der Contessa Fioli zu erfahren?" fragte John geradezu. „Sie sind doch selbst reich."

Julian Lester wandte sich ihm schnell zu.

„Wie kommen Sie denn darauf, dass ich reich sein soll? Wer hat Ihnen das gesagt? Ich bin nicht reich – im Gegenteil, ich möchte sagen, verhältnismäßig arm! Alle Leute, die glauben, dass ich Geld habe, irren sich."

Seine Stimme klang vorwurfsvoll. Es schien fast, als ob er den Gedanken, Geld zu haben, als eine persönliche Beleidigung auffasste.

„Sie sind ein sonderbarer Kerl", erwiderte John. „Aber mir kann es ja gleich sein, ob Sie ein Millionär oder ein Bettler sind. Also, inwiefern hat Marie die gleiche Lebensauffassung wie Sie?"

„Sie müssen mich nicht derartig ausfragen, alter Junge. Wir haben jedenfalls in mancher Beziehung denselben Geschmack. Es ist direkt Seelenverwandtschaft."

John lachte laut.

„Dabei gibt's doch nichts zu lachen!"

„Einmal reden Sie von Seelenverwandtschaft, und dann wollen Sie unter allen Umständen wissen, wie groß das Vermögen von Marie Fioli ist. Das reimt sich nicht zusammen. Wenn Ihnen die Sache aber so ernst ist, dann gehen Sie doch direkt zu Mrs. Carawood und fragen sie, wie sie das Vermögen ihrer Pflegebefohlenen verwaltet. Bei der Gelegenheit können Sie auch gleich erfahren, wieviel es ist, und sich dann ein Urteil darüber bilden, ob es sich lohnt, Ihren Plan weiterzuverfolgen."

Julian seufzte.

„Das ist mehr oder weniger vulgär. Ich dachte immer, Sie wären ein Mann von Welt und würden mir in einer solchen Krise helfen."

Für John wurde die Woche, die so gut begonnen hatte, ziemlich langweilig. Die Rennen in Ascot verliefen in diesem Jahr glänzend, die festlich gekleidete Menge bot ein anregendes Bild, und die Rennen selbst waren spannend, aber John wurde alles vergällt durch die Anwesenheit Lesters.

Julian hatte Zutritt zur Königlichen Loge; er war der einzige von den vieren, der dieses Privileg genoss. Er kannte fast alle Leute, die irgendeine Rolle in der Gesellschaft spielten, und zeigte Marie die Berühmtheiten. Schließlich gelang es ihm sogar noch, auch für sie eine Einlasskarte zur Königlichen Loge zu bekommen.

John Morlay selbst kannte kein Minderwertigkeitsgefühl. Dem gesellschaftlichen Leben hatte er bis jetzt kein Interesse abgewonnen, und es war ihm ziemlich gleichgültig, ob er die Rennen von der Tribüne aus sah, wo der Platz sechs Shilling kostete, oder von der reservierten Loge des Königlichen Rennklubs. Hätte er sich Mühe gegeben und darum nachgesucht, so hätte auch er Zutritt dort haben können. Er war während des Krieges zweimal dekoriert worden, und man hätte ihm sicher keine Schwierigkeiten gemacht. Julian hatte eine gewisse Routine darin, andere Leute fühlen zu lassen, dass sie nicht zur Gesellschaft gehörten. Er ließ keine Gelegenheit vorübergehen, in der Unterhaltung über vornehme Bekanntschaften zu sprechen, ja, er hatte sogar einmal die Dreistigkeit, anzudeuten, dass John ein Privatdetektiv sei, der zum Schutz Marie Fiolis engagiert worden sei.

Julian war ein dauerndes Problem für John. Er hatte viele Bekannte und verkehrte in Industriekreisen genauso wie unter Parlamentsmitgliedern. In allen Sätteln war er gerecht und konnte fließend über Fragen der Wirtschaft und der Politik sprechen. John bekam geradezu Achtung vor ihm. Wenn der Mann ein Abenteurer war, setzte er sich jedenfalls mit großem Erfolg in Szene. Von einem gemeinsamen Bekannten wusste John, dass Julian ohne die geringsten Mittel begonnen hatte. Das Einkommen aus der Erbschaft seines Vaters war nur eine fromme Legende.

Julians Geldgier war seinen Freunden bekannt. Er träumte von Millionen und war so geizig, dass er sich scheute, selbst Bruchteile eines Schillings auszugeben.

Jede Beschäftigung, die viel Geld einbrachte, interessierte ihn. Er hatte versucht, zum Film zu gehen, aber er genügte den Anforderungen nicht. Dann hatte er ein Drehbuch geschrieben, aber niemand wollte es drehen.

„Ein merkwürdiger Kerl!" sagten seine Bekannten.

Maries Reichtum beeindruckte ihn offenbar so stark, dass es auf ihre Persönlichkeit gar nicht anzukommen schien. John amüsierte sich über die augenfällige Art, mit der er ihr den Hof machte. Am Donnerstagabend äußerte auch Marie ihre Meinung über Julian, die vollständig mit der Johns übereinstimmte.

„Julian ist nach London gefahren. Er hat mir ein Geschenk

gemacht, aber ich soll es nicht vor morgen früh betrachten –
wir tun nämlich so, als ob ich jetzt Geburtstag hätte."

„Ein Geschenk? Ach, Sie meinen den Siegelring mit
dem geschliffenen Granit?"

„Sie sollen sich nicht lustig darüber machen. Ich bin
sicher, dass es ein schöner Ring ist – Julian, hat einen aus-
gezeichneten Geschmack. Mrs. Carawood wünscht allerdings, dass ich ihn nicht annehme. Wenn ich ihn ins Feuer
werfen würde, täte ich ihr sicher den größten Gefallen.
Aber Julian ist wirklich erstaunlich. Er ist geizig, und er
schämt sich kein bisschen deshalb. Dazu kommt, dass er
sich so unheimlich für mein Vermögen interessiert. Er hat
dauernd mit mir darüber gesprochen, bis mir schließlich
die Sache zuviel wurde und ich drohte, zu Nanny zu gehen
und eine genaue Aufstellung von ihr zu verlangen. Es muss
schön sein, wenn man nur um seiner selbst willen geliebt
wird."

Sie mussten beide über die Äußerung lachen.

„Glauben Sie, dass er überhaupt imstande ist, einen
anderen Menschen aufrichtig zu lieben?" fragte John.

„Ich bin sicher, wenn man mit ihm verheiratet wäre,
würde er immer sehr nett und liebenswürdig sein. Er würde
gute Dinners und hübsche Einladungen veranstalten; für
gutes Essen und Trinken hat er viel übrig. Er würde auch
sehr zuvorkommend sein und niemals davonlaufen, höchstens wenn er eine Dame findet, die doppelt so viel Geld
hat. Und wenn ich tatsächlich so reich bin, wie er hofft,
dann ist es ganz unmöglich, eine solche Dame zu finden."

„Schätzen Sie ihn – haben Sie ihn gern?" fragte John
unsicher.

„Julian? Ich muss sagen, in gewisser Weise bewundere
ich ihn. Ich habe tatsächlich den Ring gesehen, den er mir
schenken will. Er zeigte ihn mir, als wir die Bond Street
entlanggingen und vor einem Schaufenster stehenblieben.

Es ist ein Rubin mit schöner Goldfassung. Morgen darf ich das Geschenk erst auspacken. Wie ist es übrigens – haben die Juweliere viel durch den Einbruch verloren, von dem Sie mir erzählten?"

„Es waren nur ein paar auserlesene Stücke darunter – zum Beispiel ein länglicher Saphir, der von vier Diamantklammern gehalten wurde. Ich weiß es so genau, weil der Inhaber des Geschäfts zu meinen Kunden gehört."

„Ach, sagen Sie mir doch, wie fühlt man sich eigentlich so als Detektiv?" fragte sie interessiert.

Er lachte.

„Sie würden sich langweilen, wenn Sie wüssten, wie monoton und ruhig mein Beruf ist. Ich muss Sie eines Tages einmal Inspektor Peas vorstellen, das ist ein richtiger! Der beste Mann, den es in Scotland Yard gibt – wenigstens hält er sich dafür."

11

Mrs. Carawood schien sich über die Abreise Julians zu freuen und war beim Abendessen in heiterer Stimmung. Am Nachmittag hatte sie außerdem, auf ein Pferd gesetzt und gewonnen.

„Wer hat dir denn den guten Rat gegeben?" fragte Marie erstaunt.

Mrs. Carawood lächelte.

„Fenner kam zu den Rennen. Er weiß auf allen Gebieten Bescheid, sogar von Pferden versteht er etwas!"

Am Abend gingen sie spät zu Bett. Es war fast ein Uhr, als John sein Licht ausschaltete und sich zur Ruhe legte. Während des Abends hatte sich der Himmel bewölkt, und es waren ab und zu Regenschauer niedergegangen. John hörte fernes Donnergrollen.

Er hatte einen leichten Schlaf, und als das Unwetter losbrach, wachte er beim ersten Donnerschlag auf. In unregelmäßigen Zwischenräumen erhellten Blitze das Zimmer. Er zog die Vorhänge zurück und schaute hinaus; der Regen fiel wolkenbruchartig. Ein blendend helles Lichtband lief am Himmel entlang, und fast unmittelbar darauf folgte der Donner. Unwillkürlich zuckte er zurück. Es musste in der Nähe eingeschlagen haben, denn der Donner war scharf wie ein Peitschenknall gewesen.

Er sah auf die Uhr: Viertel nach zwei. Trotz des offenen Fensters war die Luft im Zimmer drückend. Er öffnete die Glastür weit und hörte im selben Augenblick einen wilden Schrei dann noch einen, und zwar aus der Richtung von

Maries Zimmer. Einen Augenblick zögerte er, weil er nicht wusste, was er tun sollte. Wahrscheinlich war sie durch das Unwetter aufgeweckt worden und fürchtete sich. Dann trat er auf den Gang und hörte, wie eine Klinke niedergedrückt wurde. Die Tür zu Maries Zimmer flog auf.

„John ...! Nanny ...! Wer ist da?"

„Ich bin es", erwiderte Morlay. „Ist etwas nicht in Ordnung – fürchten Sie sich?"

„Ja!" keuchte sie atemlos. „Aber nicht vor dem Gewitter –"

„Was ist denn geschehen, Liebling?" hörte man jetzt die Stimme von Mrs. Carawood.

„Es war jemand in meinem Zimmer ..."

John schlüpfte schnell in seinen Morgenrock und eilte zu dem Zimmer des jungen Mädchens. Als er das Licht andrehte, sah er, wie bleich sie war.

Der Sturm tobte draußen mit unverminderter Stärke weiter, das Rauschen des Regens klang gewaltig, aber keiner der drei achtete darauf.

„Ich wachte plötzlich auf", sagte Marie, noch ganz außer sich, „und sah, dass ein Mann in meinem Zimmer war ... Er stand ganz nahe an meinem Frisiertisch. Wahrscheinlich ist er über den Balkon durch die offene Glastür hereingekommen. Ich schrie, plötzlich verschwand er."

„Vermissen Sie etwas?"

Sie schüttelte den Kopf. „Ich weiß es nicht", erwiderte sie und versuchte zu lächeln. „Aber sicher habe ich den Schlaf dieser Nacht, meinen Frieden und meinen Glauben an Detektive eingebüßt!"

Er ging in ihr Zimmer; soviel er sehen konnte, war nichts angerührt worden. Die kostbaren Bürsten und Kämme in Goldfassung waren vollzählig vorhanden. Marie folgte ihm auf dem Fuß.

„Der Ring!" rief sie plötzlich. „Er ist fort."

Sie sah unter den Frisiertisch und dahinter, aber das kleine rote Lederetui mit dem Geschenk Julians war verschwunden.

„Wo haben Sie ihn denn hingelegt?"

„Dorthin!" Sie zeigte auf die Ecke des Frisiertisches.

„Wissen Sie das auch ganz genau?"

Sie nickte.

„Ja, um halb zwei lag er noch hier auf der Ecke."

„Aber wir haben uns doch kurz vor zwölf getrennt, Marie."

Sie sah Mrs. Carawood an und senkte den Blick.

„Ja, aber ich habe mich nicht sofort hingelegt."

Sie war ungewöhnlich ernst. Es musste sie wohl noch ein anderes Ereignis mitgenommen haben. Noch im Augenblick vorher hatte sie gelacht und war zum Scherzen geneigt. John Morlay verstand sie nicht ganz.

„Würden Sie den Mann wiedererkennen?" fragte er.

Sie schüttelte den Kopf.

Er trat auf den Balkon hinaus und sah, dass eine Leiter ans Geländer gelehnt war. Mrs. Carawood folgte ihm und stieß die Leiter um, so dass sie der Länge nach auf den Rasen fiel.

„Sie müssen schon seit langer Zeit dieses Haus beobachtet haben. Die Leiter hängt sonst an der Hinterfront; die Einbrecher wussten also gut Bescheid."

Der Vorfall machte auf Mrs. Carawood noch größeren Eindruck als auf Marie. Sie ließ sich aber wenig anmerken.

„Gehen wir nach unten und trinken eine Tasse heißen Kaffee. Das Gewitter geht auch allmählich vorüber", meinte sie beruhigend.

Aber damit hatte sie nicht recht. Die Grundfesten des Hauses erzitterten noch unter den gewaltigen Donnerschlägen, als sie zusammen in dem Speisezimmer saßen und den Kaffee tranken, den Mrs. Carawood inzwischen zubereitet hatte. Marie war ernst geworden. Sie saß am Tisch und schaute auf die polierte Fläche. Nervös faltete sie die Hände und runzelte die Stirn.

„Ich glaube, Julian wird sich sehr aufregen, wenn er das erfährt", meinte Mrs. Carawood. „Obwohl der Ring sicher nicht viel gekostet hat."

Marie seufzte und sah dann auf.

„Ich werde ihn zurückbekommen. Das ist ganz gewiss."

„Ich würde mich darauf nicht zu sehr verlassen", erwiderte John. „Es ist sehr schwer, gestohlene Stücke zurückzuerhalten. – Ich möchte wissen, ob der Einbrecher heute Abend auch noch in einem anderen Haus war."

„Und ich werde den Ring doch zurückbekommen." Marie nickte und lächelte wieder. „Ich habe eine bestimmte Vorahnung. Ich glaube, wenn der Einbrecher den Ring sieht und die rührende Inschrift liest, steckt er das Kästchen in einen Briefumschlag und schickt es mir per Post wieder zu. Wenn wir heute von den Rennen zurückkommen, liegt es unten in der Diele."

„Sie scheinen tatsächlich das zweite Gesicht zu haben", entgegnete John.

„Es wäre nicht das erste Mal, dass ich etwas vorausgeahnt hätte."

Trüb dämmerte der Morgen, als sie sich wieder zur Ruhe legten. John schlief fest und traumlos, bis er dadurch geweckt wurde, dass kleine Kieselsteine auf den Boden des Zimmers fielen. Als er aufwachte, traf gerade ein Stein die Fensterscheibe. Es gab ein Loch.

„Ach, das tut mir leid", hörte er eine Stimme unten im Garten.

Es war Marie.

„Seit zehn Minuten beschäftige ich mich schon damit, Steine durch Ihr Fenster zu werfen. Kommen Sie doch herunter, hier gibt es etwas für Sie zu tun."

Es dauerte zwanzig Minuten, bis er unten auf dem Rasen war. Die Sonne schien strahlend, der Himmel war klar und blau, und alle Anzeichen sprachen dafür, dass es ein herrlicher Tag werden würde.

„Kommen Sie doch mit mir in den Obstgarten."

Auf der Hinterseite des Hauses waren mehrere Morgen Land mit Apfel-, Birn- und Pflaumenbäumen bepflanzt; auch köstliches Spalierobst, wie Pfirsiche und Aprikosen, wuchs dort.

„Der Gärtner sagt, wir pflanzen das bloß, damit es die Wespen auffressen."

Sie legte den Arm in den seinen, und so gingen sie durch das hohe Gras zwischen den Bäumen.

„Ich möchte, dass Sie mir einen großen Gefallen tun, John."

„Ihre Bitte ist bereits gewährt!"

„Vergessen Sie alles, was ich gestern Abend über den Ring sagte – ich meine, dass ich ihn wiedererhalten würde. Übrigens ist heute Nacht auch drüben in der Villa Mirfleet eingebrochen worden, drei Häuser von uns entfernt. Dort wurde ein kostbares Perlenhalsband gestohlen, die Einbrecher haben also nicht nur meinen Ring erbeutet."

„Ist die Polizei benachrichtigt worden?"

„Die Polizei!" sagte sie verächtlich und sah ihn mit blitzenden Augen an. „Selbstverständlich! Seit sieben Uhr heute Morgen wandert eine ganze Prozession von Kriminalbeamten und Polizisten in Zivil hier über den Rasen. Das frische Gras ist vollkommen niedergetreten. Ihr Freund, Inspektor Peas, war auch dabei."

„Was, der war auch hier?"

„Während Sie in tiefem Schlummer lagen, habe ich längere Zeit mit ihm gesprochen", entgegnete sie feierlich. „Ich habe ihm alle Einzelheiten erzählt, und alle Beamten haben eifrig in ihre Notizbücher geschrieben. Gerade während sie sich mit mir unterhielten, wurde der Einbruch in der Villa Mirfleet entdeckt, und dann sind sie alle verschwunden. Ich habe keinen von den Herren wiedergesehen."

„Wer hat denn nach der Polizei geschickt?"

Sie zögerte.

„Ich weiß es nicht, ich glaube aber, es war Mrs. Carawood. Sie ist nicht zu Bett gegangen und war schon um fünf Uhr morgens wieder hier unten. Wahrscheinlich hat sie es einem Polizeibeamten in Ascot gesagt, und der hat es sofort seinem Vorgesetzten gemeldet. Auf jeden Fall glaube ich kaum, dass es mehr Polizeibeamte in Scotland Yard gibt, als heute Morgen hier auf dem Grundstück waren."

Sie wurde plötzlich ernst.

„Ich habe den Leuten nichts davon gesagt – ich meine davon, dass ich annehme, den Ring wiederzuerhalten. Versprechen Sie mir auch, dass Sie es keinem andern sagen?"

Er musste laut auflachen, als er das hörte.

„Aber warum denn? Das Schmuckstück kommt doch sowieso nicht von selbst zurück. Einbrecher sind nicht sentimental. Wenn der Mann, der den Ring gestohlen hat, auch nur einen Shilling dafür bekommen kann, verkauft er ihn. Und wenn Sie glauben, das Schmuckstück wiederzuerhalten, würde ich Ihnen raten, Julian nichts von dem Diebstahl zu erzählen!"

„Ich habe es ihm aber bereits gesagt", entgegnete sie schnell. „Ich habe ihn angerufen. Er war außerordentlich liebenswürdig."

„Haben Sie ihm auch gesagt, dass Sie glauben, das Schmuckstück zurückzubekommen?"

Sie schüttelte den Kopf.

„Sie sind doch ein merkwürdiges Mädchen."

„Nicht wahr?"

Sie ließ seinen Arm los, trat einen Schritt von ihm zurück, legte die Hände auf den Rücken und betrachtete ihn ernst.

„Sie können mir auch noch einen anderen Gefallen tun", sagte sie nach einer Weile. „Könnten Sie Mrs. Carawood überreden, dass sie den Dienstboten sagt, mich nicht mehr Mylady zu nennen? Ich weiß, sie hat es den beiden Mädchen beigebracht, so dass ihnen nichts anderes übrigbleibt, und ich möchte sie nicht verletzen. Aber vielleicht können Sie eine Andeutung machen. Sie werden schon irgendeine Ausrede finden. Sagen Sie, dass das in Ascot nicht Mode ist oder sonst etwas. Aber eines dürfen Sie nicht sagen: dass der italienische Adel nicht zur Führung dieses Titels berechtigt ist. Sie wird sonst wild und kämpft wie eine Löwin."

„Haben Sie Julian eigentlich gern?"

„Nein. Wenn ich sage, dass ich ihn bewundere, meine ich damit etwas anderes. Man bewundert auch Gemälde, Blumen und andere schöne Dinge, ohne dass man eine persönliche Zuneigung zu ihnen hätte. Sie sind hübsch oder interessant, und dann bewundert man sie eben."

„Schätzen Sie mich eigentlich?" Er stellte die Frage geradezu, kam sich selbst aber dabei sehr töricht vor.

Sie nickte.

„Sie meinen, ob ich Sie bewundere? Nein, das tue ich nicht. Dazu sind Sie viel zu natürlich."

„Gut, dann will ich noch eine andere Frage an Sie stellen. Was halten Sie von einer Verbindung zwischen Mai und Dezember?"

Sie lachte lange und herzlich.

„Nein, John, so dürfen Sie nicht fragen. Aber vielleicht habe ich eine Vorliebe für eine Heirat zwischen April und Juli. Sie sollten sich selbst nicht so alt machen! Das ist eine Schrulle, und es ist auch eitel, wenn Sie immer über Ihr würdiges Alter reden. So, nun wollen wir aber frühstücken."

Er hätte diese Unterhaltung gern noch weiter fortgesetzt, aber Marie war wirklich hungrig und ließ sich nicht mehr zurückhalten.

Nach dem Frühstück ging er in den Ort, um Inspektor Peas aufzusuchen. Nach längerer Zeit fand er ihn auch in der Kantine der Polizeibaracke, die dem großen Tribünenstand auf der Rennbahn gegenüberlag. Dreihunderteinundsechzig Tage im Jahr liegt sie einsam und verlassen, aber während des viertägigen Rennens sind hier viele Polizeibeamte aus der ganzen Gegend zusammengezogen, um die Ordnung aufrechtzuerhalten und den Verkehr zu regeln.

Peas trank Bier und aß große Käsebrote dazu.

„Ich wollte eigentlich in der Offiziersmesse essen", sagte er, „aber die einfachen Polizeibeamten sind ebenso gut für mich. Im Herzen bin ich demokratisch gesinnt. Jeder Polizeibeamte ist mein Kamerad, und sie achten mich deshalb auch besonders. Die Vorgesetzten, die sich immer über die anderen erhaben fühlen, sind bei der Mannschaft nicht beliebt."

John ging einen Augenblick mit ihm auf den Hof hinaus.

Peas wusste nicht viel. Ein Einbruch hatte stattgefunden; ein Perlenhalsband war gestohlen worden, ebenso ein Ring.

„Es wundert mich nur, dass der Mann ausgerechnet in Mrs. Carawoods Haus eingestiegen ist. Diese Einbrecher unterrichten sich doch vorher meistens sehr genau darüber, was in den einzelnen Villen zu holen ist. Ich kann mir die Sache nur so erklären, dass er das Haus verwechselt hat, aber auch das ist nicht sehr wahrscheinlich."

„Glauben Sie, dass derselbe Mann die beiden Einbrüche verübt hat?"

„Zweifellos. Wir fanden genau dieselben Fußspuren auf beiden Grundstücken. Die Erde ist ziemlich weich vom Regen, und der Mann hat Abdrücke in den Blumenbeeten hinterlassen, die vollkommen klar und deutlich sind. Sein Fuß ist fast so klein wie ein Frauenfuß. Außerdem benützt er Baumwollhandschuhe bei der Arbeit. Er ließ einen davon am Fuß der Leiter zurück. Für die Untersuchung ist das leider gar kein Anhaltspunkt. Außerdem ist noch festgestellt worden, dass er in einem Auto hergekommen ist. Wir fanden die Spuren der Räder und Öl an der Stelle, wo er geparkt hat. Es hat sich auch ein Mann gemeldet, der den Wagen dort gesehen hat. Die Nummer hat er sich leider nicht gemerkt, und wenn wir sie auch hätten, würde sie für uns doch kaum von Wert sein, da es sich wahrscheinlich um einen gestohlenen Wagen handelte."

Er sah John neugierig an.

„Ist Mrs. Carawood heute Morgen wohlauf?"

„Ich habe sie noch nicht gesehen. Ich sagte schon – sie war fast die ganze Nacht auf und hat sich jetzt hingelegt."

Peas nickte.

„Hat Sie Ihnen nichts über ihren Ausflug nach Rotherhithe gesagt? Aber Sie haben natürlich auch nicht danach gefragt."

„Sie sagte nichts. Übrigens muss ich feststellen, dass Sie Mrs. Carawood wirklich nicht sehr gut leiden können."

„Ich schätze sie mehr als alle anderen Frauen, die ich in der langen Zeit meiner Dienstjahre gesehen und kennengelernt habe", lautete die erstaunliche Antwort. „Ich habe sogar eine gewisse Bewunderung für diese Dame."

„Bezieht sich Ihre Bewunderung darauf, dass sie eine gute Staatsbürgerin ist oder eine Verbrecherin?" fragte John leichthin.

Mr. Peas antwortete nicht. Er hatte seine Geheimnisse. John fühlte, dass der Inspektor ein paarmal nahe daran gewesen war, sie ihm mitzuteilen. Peas war so veranlagt, dass er nicht ohne eine Zuhörermenge leben konnte, die ihm Beifall zollte. Es musste ihm daher ungeheuer schwerfallen, ein Geheimnis für sich zu behalten, aber in diesem Fall tat er es doch.

John ging mit Marie zum Rennplatz und aß dort mit ihr zu Mittag. Den ganzen Nachmittag über sahen sie den Rennen zu, für die sich auch John mehr als sonst interessierte. Ein guter Freund hatte ihm die richtigen Tips gegeben.

Die kleine Unterhaltung mit Marie über den Einbruchsdiebstahl hatte er längst vergessen, als sie von den Rennen zurückkehrten und in die Halle traten. Mit einem Aufschrei eilte sie zu dem Seitentisch, auf dem ein Päckchen lag.

„Wann ist es angekommen?" fragte sie das Mädchen.

„Heute Nachmittag."

Sie riss das Papier ab und hielt ein kleines rotes Lederetui in der Hand, das sie sofort öffnete.

Auf weißem Plüsch lag der schöne Ring mit dem Rubin.

„Nun, was sagen Sie jetzt?" rief sie John triumphierend zu.

„Ist das der Ring?" fragte er ungläubig.

„Ja, das ist das Geschenk Julians."

Mrs. Carawood war inzwischen eingetreten und sah erstaunt das Schmuckstück an.

„Der Ring ist wieder da, und hier ist auch eine kleine Notiz. Ein Zettel ..."

„Es ist schon so, wie ich dachte."

Sie las die Worte vor, die auf dem schmutzigen Papier standen:

„Sehr verehrte Miss, es tut mir leid, dass ich Ihr Geschenk genommen habe."

Marie betrachtete den Ring, indem sie ihn von einer Seite zur anderen drehte.

„Willst du das Schmuckstück nicht tragen, Liebling?" fragte Mrs. Carawood, als Marie den Ring ins Etui zurücklegte.

„Nein, Nanny", entgegnete das junge Mädchen ruhig. „Die Farbe passt nicht zu meinem Kleid, und ich werde wahrscheinlich auch niemals ein Kleid anziehen, das dazu passt. Deshalb werde ich den Ring vermutlich niemals tragen."

John nahm das Etui in die Hand und sah sich den Rubin an.

Seiner Schätzung nach war das Schmuckstück höchstens zwanzig bis fünfundzwanzig Pfund wert. Es war eine Nachbildung eines altvenezianischen Schmucks. Die Goldarbeit war besonders gut.

12

John Morlay kehrte am Abend in die Stadt zurück. Er war etwas verwirrt und verstand die Zusammenhänge nicht ganz.

Sonnabend und Sonntag waren arbeitsreiche Tage für ihn. Durch den langen Aufenthalt in Ascot war viel liegengeblieben, und er musste sich beeilen, das Versäumte nachzuholen. Am Montagmorgen saß er schon um acht Uhr an seinem Schreibtisch, als ihm Mrs. Carawood gemeldet wurde.

Er begrüßte sie wie eine alte Freundin und schob sofort den besten Sessel für sie zurecht. Als er jedoch mit ihr über die angenehmen Tage in Ascot sprechen wollte, erkannte er, dass sie nervös und unruhig war.

Plötzlich erhob sie sich wieder, trat an das Fenster und schaute auf den Platz hinaus. Ihre Aufmerksamkeit schien sich zwischen den Vorgängen draußen und im Zimmer zu teilen.

Allem Anschein nach fiel es ihr ziemlich schwer, zu sagen, warum sie gekommen war. John glaubte bestimmt, dass sie ihm etwas ganz Neues mitteilen würde.

„Es handelt sich wie gewöhnlich um Marie“, begann sie schließlich. „Ich mache mir im Augenblick sehr viel Sorgen um sie.“

„Meinen Sie wegen des Einbruchs?“

Sie schüttelte den Kopf.

„Nein. Das war eine dumme Sache, aber es kann jedem anderen ebenso gehen. Mr. Morlay, ich weiß, dass Sie sehr viel zu tun haben.“

„Das stimmt. Im Moment bin ich sehr beschäftigt", gestand er ohne weiteres und zeigte auf die großen Stöße von Briefen, die er noch beantworten sollte.

„Können Sie – ich meine, kann ich Ihnen so viel Geld zahlen, dass es Ihnen möglich wird, Ihre ganze Zeit für Marie zu verwenden?"

Sekundenlang war er versucht, zu sagen, dass er alle Geschäfte beiseitelassen wollte, wenn er nur ihr helfen und beistehen könnte.

„Ich traue den Menschen nicht", fuhr sie fort, „denn ich kenne sie gut. Aber auf Sie kann ich mich verlassen, das weiß ich. Sie haben Marie gern."

Als sie das sagte, sah sie ihn durchdringend an.

„Ja", entgegnete er ruhig. „Ich schätze sie sehr."

Es kostete sie ungeheure Anstrengung, die nächste Frage zu stellen.

„Lieben Sie Marie – oder bilden Sie es sich nur ein?"

Er sah ihr offen ins Gesicht.

„Ich liebe sie, und ich bin alt genug, um meine Gefühle richtig beurteilen zu können."

Sie atmete schnell.

„Sie liebt Sie auch. Ja, ich glaube, dass Marie Sie gern hat ... das wäre auch ganz nach meinem Wunsch ... aber man muss alles Mögliche beachten. Ich habe die halbe Nacht nicht schlafen, können und immer wieder darüber nachdenken müssen. Wenn sie nun überhaupt kein Geld hat – ich meine, wenn sie nicht einmal ein paar Pfund besitzt?"

„Das würde für mich keinen Unterschied machen."

„Bedeutet Ihnen etwa auch der Titel nichts?"

Es lag etwas in dem Ton ihrer Stimme, worüber John Morlay lachen musste.

„Aber meine liebe Mrs. Carawood, in England gibt es so viele Prinzessinnen und Herzoginnen! Es ist ja sehr schön, dass Marie eine Contessa ist, aber mir bedeutet es wirklich nicht viel. Es wäre mir ebenso lieb, wenn sie nur Miss Jones hieße."

Sie seufzte schwer. „Ich glaube Ihnen."

Trotzdem war sie in gewisser Weise enttäuscht, dass er den alten Grafentitel so wenig schätzte.

„Sie sind ein Gentleman, der mit Leuten aus aller Herren Länder zusammenkommt, und deshalb denken Sie anders als ich. Ich bin in der Beziehung vielleicht noch etwas altmodisch. Marie habe ich nicht gesagt, dass ich hierherkommen würde", fügte sie dann hastig hinzu. „Und ich werde ihr auch nicht erzählen, was ich eben mit Ihnen besprochen habe. Aber wenn Sie derartig denken, und wenn sie damit einverstanden ist, dann habe ich auch nichts dagegen."

Es kam ihm zum Bewusstsein, wie schwer es ihr fiel, das zu sagen, und er fragte sich, was sie wohl dazu getrieben haben mochte. Es war nicht der Einbruch in der Villa, auch nicht die Rücksicht auf Julian. Noch vor ein paar Tagen hatte sie ihm mit allem Nachdruck erklärt, dass Marie zu jung zum Heiraten sei, und nun wählte sie selbst einen Mann für sie aus.

John war merkwürdig erregt, und als er sprach, zitterte seine Stimme.

„Es wäre wunderbar, wenn Marie ebenso darüber dächte wie Sie. Geld spielt für mich nicht die geringste Rolle; ich habe selbst genug."

„Ich weiß es, Mr. Morlay. Ich habe Erkundigungen über Sie eingezogen und bin über Ihre Familie unterrichtet. Ich könnte Ihnen genau sagen, wieviel Geld Sie besitzen und wieviel Sie in Aktien angelegt haben. Ich musste das tun, um sicher zu sein, bevor ich Ihnen etwas sagte, und es gibt ja genug Auskunftsbüros in London. Sobald ich zu dem Entschluss kam, dass Marie bald heiraten müsste ..." Sie hielt plötzlich inne.

„Bis wann soll sie denn heiraten?"

Mrs. Carawood seufzte wieder ungeduldig.

„Das kann ich noch nicht sagen, aber es wird wohl bald sein. Kennen Sie Polizeiinspektor Peas? Er ist ein Kriminalbeamter, der sich mit Verbrechen beschäftigt. Sie wissen schon, wie ich es meine, Mr. Morlay." Sie war etwas verwirrt. „Er ist ein richtiger Kriminalist."

„Ich kenne ihn sehr gut."

„Er ist in mein Geschäft gekommen, hat sich dort nach mir erkundigt und meine Angestellten ausgefragt. Wissen Sie vielleicht, warum er das getan hat?"

John konnte ihr aufrichtig sagen, dass er keinen Grund dafür wüsste. „Ich würde mir an Ihrer Stelle keine Sorgen deswegen machen, Mrs. Carawood. Die Polizei muss natürlich alle möglichen Nachforschungen anstellen. Die Leute wollen zum Beispiel wissen, warum Sie in letzter Zeit öfter nach Antwerpen reisten ..."

Er hörte einen erschrockenen Laut und schaute auf. Sie stand am Fenster; ihr Gesicht war bleich, und sie atmete aufgeregt. Einen Augenblick glaubte er schon, sie würde ohnmächtig umsinken, und eilte zu ihr, um sie zu stützen. Aber sie machte eine abwehrende Bewegung.

„Was sagten Sie eben?" fragte sie heiser. „Warum ich nach Antwerpen reiste? Nun, das ist sehr einfach. Ich habe dort für mein Geschäft Einkäufe gemacht – das kann ich leicht beweisen. Die Polizei kann ja in mein Büro kommen – ich kann die Frachtbriefe vorlegen."

„Was kommt es auch darauf an?"

Sie sank in einen Stuhl und sah ihn an. Ihre Hände zitterten. Er ging rasch in eine Ecke des Zimmers, goss ein Glas Wasser ein und reichte es ihr. Sie trank gierig und lächelte ihn dann dankbar an.

„Es ist wirklich nichts. Haben Sie etwas dagegen, wenn ich noch ein wenig hier in Ihrem Büro bleibe, um mich zu erholen? Und gibt es einen hinteren Ausgang?"

„Ja", erwiderte er erstaunt.

„Vielleicht könnte einer Ihrer Angestellten mir ein Taxi besorgen und vor dem hinteren Eingang halten lassen. Ich werde nach Hause fahren, möchte aber nicht die Vordertür benützen. Ich fühle mich noch so schwach, dass ich eventuell ohnmächtig werden könnte, und ich mag nicht die Aufmerksamkeit der Leute auf der Straße erregen. Wenn mir etwas passieren sollte, kann mich wenigstens niemand sehen."

„Soll ich einen Arzt rufen?" fragte er ängstlich.

„Nein, die Ruhe im Auto ist die beste Arznei für mich."

John beauftragte eine seiner Stenotypistinnen, ein Taxi zu rufen und die Dame nach Hause zu begleiten. Als er ins Büro zurückkehrte, stand Mrs. Carawood am offenen Fenster und sah auf den Platz hinunter. Allmählich hatte sie wieder etwas Farbe bekommen und fühlte sich offensichtlich wohler.

„Es tut mir leid, dass ich Ihnen so viel Unannehmlichkeiten mache, Mr. Moday. Gelegentlich bekomme ich solche Schwächeanfälle – wann werden Sie Marie wieder treffen?"

„Vielleicht morgen", sagte er.

Sie nickte.

„Morgen kommt sie in die Stadt, dann können Sie sie zum Tee abholen. Ich weiß wirklich nicht genau, wie sie über Sie denkt, aber jedenfalls ist ihr Urteil über Sie nicht schlecht – das weiß ich. Sie ist zwar noch jung, hat aber bereits ein sehr selbständiges Urteil. In der Beziehung ist sie viel reifer als ihre Altersgenossinnen. – Wenn Sie Marie heiraten, wird sie Ihren Namen führen. In gewisser Weise tut mir das Leid ..."

„Ach, wegen des Titels?" John lächelte. „Nun, deshalb brauchen Sie sich keine Sorge zu machen. Sie wird, wenn sie mich heiratet, in absehbarer Zeit Lady Morlay werden. Ich habe einen Onkel, der nicht verheiratet ist, und bin der nächste Erbe, der nach seinem Tod den Titel eines Baronets führen darf."

Das war eine Neuigkeit, die Mrs. Carawood von der Auskunftei nicht erfahren hatte. Sie strahlte und fragte ihn, welche gesellschaftliche Stellung die Frau eines Baronets hätte.

Durch diese Mitteilung war er bedeutend in ihrer Achtung gestiegen.

Während sie noch mit ihm sprach, kam einer der Angestellten und meldete, dass der Wagen vor der Tür stehe. Mrs. Carawood ging die Treppe hinunter. John sah ihr nach, als sie abfuhr, dann kehrte er langsam in sein Büro zurück. Er war sehr glücklich.

13

John Morlay aß verhältnismäßig früh zu Mittag; es war erst halb eins, als er auf den Hanover Square hinaustrat. Zuerst sah er den Mann nicht, der an der Ecke stand; erst als er an ihm vorüberkam, wurde ihm bewusst, dass er ihn früher schon getroffen haben musste. Er drehte sich um und trat einen Schritt zurück. „Hallo, mein Freund, hier sind Sie aber weit fort von Ascot! Sie sind doch derselbe, den ich vor einigen Wochen dort in einem Garten gesehen habe?"

Der frühere Sträfling sah angegriffen und elend aus.

„Wir leben hier in einem freien Land. Ich kann ebensogut hier sein wie in Ascot. Sie können mir nichts anhaben. Man kann mich nicht verhaften, weil ich mich hier herumtreibe ... Sie können mich ja zur Polizeiwache mitnehmen und mich dort durchsuchen lassen! Sie werden nichts in meinen Taschen finden, wenn Sie es nicht vorher hineinstecken!"

Er sprach trotzig und schnell, aber John wusste, dass sich nur Furcht dahinter verbarg. Der Mann hatte etwas von einem gehetzten Tier in seinem Wesen, und John Morlay fühlte Mitleid mit ihm.

„Ich habe nicht die Absicht, Sie verhaften zu lassen oder Sie zur Polizeiwache zu bringen. Ich will Ihnen auch gar keinen Vorwurf machen. Kann ich Ihnen vielleicht irgendwie helfen?"

„Wenn Sie mir Geld geben wollen, dann nicht. Ich habe genug. Sind Sie aus dem Haus dort gekommen?" Er zeigte auf die Tür.

„Ja."

„Wohnen Sie dort?" fragte er argwöhnisch.

„Ich habe mein Büro dort. Auch verschiedene andere Firmen haben in dem Gebäude Räume gemietet. Außer mir noch ein Rechtsanwalt, ein Exporteur und Buchrevisoren. Aber warum fragen Sie danach?"

Der Mann feuchtete seine Lippen mit der Zunge an und sah sich ängstlich nach rechts und nach links um.

„Haben Sie nicht eine Frau in dem Haus gesehen? Sie muss etwas jünger sein als ich, hat eine dunkle Gesichtsfarbe und ist sehr gut gekleidet ..."

Der frühere Sträfling sah Morlay durchdringend an, als er diese Frage stellte.

John wusste, dass der Mann Mrs. Carawood meinte. Instinktiv hatte er das Gefühl, es abstreiten zu müssen.

„Nein. Sind Sie mit ihr befreundet?"

„Ich weiß es nicht ... Ich will Ihnen die Wahrheit sagen. Ich weiß nicht bestimmt, ob sie es ist, aber sie sieht ihr sehr ähnlich. So etwas ist mir noch nicht vorgekommen. Sie stand dort oben an dem Fenster." Er zeigte auf das offene Fenster von Johns Büro. „Ich habe sie gesehen. Sie hat mich auch erkannt, denn sie ging gleich ins Zimmer zurück."

Nun wusste John plötzlich, warum Mrs. Carawood so sehr erschrocken war. Nicht die Erwähnung Antwerpens hatte sie so aufgeregt. Sie musste diesen Mann gesehen und erkannt haben.

„Ich sah, wie sie zur Haustür hineinging, und sagte mir: ‚Die sieht genauso aus.' Und darum blieb ich hier und beobachtete das Haus. Als ich dann nach dem oberen Stockwerk schaute, entdeckte ich sie wieder."

„Wenn es das Fenster dort oben war, kann ich Sie beruhigen. Das ist mein Büro, und die Dame, die dort stand, war die Herzogin von Crelbourne."

„Was, eine Herzogin? Ich meine die Frau mit der dunklen Gesichtsfarbe."

John nickte.

„Ja. Ich kenne sie schon seit Jahren."

Der andere strich sich übers Kinn.

„Dann vergeude ich hier nur unnötig meine Zeit. Es ist merkwürdig – ich hätte schwören mögen, dass sie es war …"

Er zuckte die Schultern, und ohne sich zu verabschieden, ging er fort.

Er hatte Geld, aber nicht im Überfluss; Geld, um sich das nötige Essen und den Lebensunterhalt zu verschaffen, aber für Kognak reichte es nicht, und danach lechzte er besonders. Er hätte ganz gut und bequem von dem Geld leben können, das er monatlich erhielt, aber das war nicht nach seinem Wunsch. Er stellte sich das Leben anders vor. Seitdem er aus dem Gefängnis gekommen war, sah er ein, dass sich die alten Methoden vollkommen geändert hatten. Es war nicht mehr so leicht wie früher, in ein Haus einzudringen und einfach ein paar Silbergegenstände zu stehlen. Die letzten drei Tage war er in London umhergewandert und hatte versucht, eine Gelegenheit zu leichten Diebstählen auszukundschaften, aber er merkte, dass sich eine neue Wissenschaft für Einbrüche entwickelt hatte. Selbst die Ganovensprache war nicht mehr dieselbe; viele Ausdrücke waren ihm fremd. Und es gab junge Leute, die eine besondere Taktik ausgearbeitet hatten, um in gute Wohnungen zu kommen. Unter irgendeinem Vorwand drangen sie ein, rafften an Pelzen, teuren Kleidungsstücken und sonstigen beweglichen Sachen zusammen, was in Reichweite war, und verschwanden dann so schnell wie möglich wieder. Die ganze Angelegenheit durfte höchstens eine Minute dauern. In seinen jungen Jahren hatte er klettern können, aber jetzt war ihm das unmöglich. Der Arzt hatte ihm gesagt, dass er jeden Augenblick damit rechnen müsste, einem Herzschlag zu erliegen. Deshalb trug der Mann auch eine für ihn kostbare Medizin in einem kleinen Fläschchen in der

Tasche. Sie konnte ihm das Leben retten, wenn er einen Anfall bekam. Er war froh, dass er sie bis jetzt noch nicht nötig gehabt hatte.

Er hasste die Welt, aber am meisten die Frau, die er eben zu erkennen geglaubt hatte. Sollte das wirklich eine Herzogin gewesen sein? Sie sah doch so gewöhnlich aus. Allerdings war er noch nie einer Dame von so hohem Adel begegnet.

John ging zu seinem Klub und war während des Mittagessens sehr nachdenklich. Er hatte sich schon halb vorgenommen, zu dem Laden in der Penton Street zu gehen und mit Mrs. Carawood zu sprechen. Warum hatte sie sich vor diesem schäbigen früheren Sträfling gefürchtet? Welche Beziehungen bestanden zwischen ihr und ihm, dass sein Anblick sie so erschreckte?

Er wünschte, er hätte sich Inspektor Peas anvertrauen können, aber der war gefährlich. Man wusste niemals, wie weit man sich auf ihn verlassen konnte. Er gehörte zu diesen jungen, skrupellosen Beamten, denen kein Geheimnis heilig war, wenn sie dadurch beruflich vorwärtskamen.

Julian trat in den Speisesaal, als John gerade mit dem Essen fertig war. Mr. Lester war auch ein Mitglied des Klubs, kam aber nur selten her. Es ging ihm dort etwas zu bürgerlich zu. Die Mitglieder waren zwar wohlhabend, aber keine großzügigen Kapitalisten, die ihr Geld in gewagten Spekulationen anlegen wollten.

Die Speisekarte war außerordentlich preiswert, und wenn Julian nicht das Glück hatte, von jemandem eingeladen zu werden, erschien er hier.

Als er John erkannte, kam er mit langen Schritten quer durch den Saal auf ihn zu.

„Es ist doch schrecklich, dass die arme Marie solches Pech hatte!" sagte er. „Ausgerechnet sie muss von einem Einbrecher erschreckt werden! Kaum zu glauben, dass der

Mann den Ring zurückgeschickt hat! Ich verstehe die heutigen Zeiten nicht mehr."

„Ich bin kein Sachverständiger für kriminelle Angelegenheiten", erwiderte John. „Und wenn Sie denken, Sie können sich hier mit mir lange und angenehm unterhalten, dann irren Sie sich sehr. Trocknen Sie Ihre Tränen mit der Serviette, denn ich gehe in ein paar Minuten fort."

„Sie scheinen ja recht hochmütig zu sein", erwiderte Julian leise. Er schien in bester Stimmung zu sein, trug eine Nelke im Knopfloch und erzählte John strahlend, dass er am Nachmittag nach Wolverhampton zu fahren beabsichtigte, um Material für sein Buch zu sammeln.

„Ich möchte nur wissen, was Sie in dem Nest finden wollen", entgegnete John erstaunt.

„Sie sind ziemlich unhöflich. Ich weiß gut genug, welches Material ich für mein Buch brauche. Dazu muss man eben Bildung und Geschmack haben."

„Trotzdem ist mir immer noch nicht klar, welches Material Sie in Wolverhampton sammeln könnten. Ich habe nichts gegen den Ott, im Gegenteil, es wohnen ein paar gute Kunden von mir dort. Aber für Sie ist das wirklich ein merkwürdiger Platz. Was wollen Sie denn dort?"

Mr. Lester wich dieser Frage aus. Er wollte mit John über Marie sprechen, wurde jedoch nicht dazu ermutigt. Vor allem hätte er gern gewusst, welchen Eindruck sein Geschenk auf das junge Mädchen gemacht hatte.

„Es war eine Sensation", entgegnete John ironisch. „Die Leute kamen aus der Königlichen Loge und standen stundenlang Schlange, um sich das Wunderding anzusehen. Ich hatte niemals geahnt, dass ein synthetischer Edelstein und ein bisschen Gold – zusammen kaum fünfzehn Pfund wert – solchen Eindruck machen könnten."

„Erlauben Sie mal, der Ring hat fünfundzwanzig Pfund gekostet", sagte Julian stolz. „Es ist außerdem absolut nicht fein, über einen anderen Menschen zu lachen, weil er nicht Geld genug hat, um kostbare Geschenke zu machen. Es ist nicht die Gabe an sich –"

„Es ist der Geist, in dem sie geschenkt wird", unterbrach ihn John. „Aber warum machen Sie denn jetzt in Geistreicheleien?"

Mr. Julian Lester ließ sich nicht anmerken, dass ihn die Reden Johns irgendwie ärgerten. Über dergleichen war er erhaben. Er fühlte sich John und der anderen Welt überlegen, und heute hatte er besonderen Erfolg gehabt. Es war ein guter Tag für ihn gewesen. Er hatte eine große Anzahl von Aktien in einem Augenblick kaufen können, in dem sie den niedrigsten Stand erreicht hatten, und in weniger als einer Woche würde ihm diese Kapitalanlage mindestens fünfzig Prozent Gewinn einbringen.

Er trug am Ende einer Goldkette ständig ein kleines Buch bei sich, in das er Tag für Tag die wachsende Summe seines Vermögens einschrieb. Auf dem Deckel war die Zahl 500 000 eingraviert. Das war seine Devise, sein Motto, das Wappenzeichen, das Ziel, auf das er lossteuerte. Der Gedanke an diese fünfhunderttausend Pfund beherrschte ihn vollkommen; danach richtete er alle seine Handlungen, ja sein ganzes Leben ein. Als er diese hohe Zahl eingravieren ließ, hatte er nicht einmal hundert Pfund auf der Bank. Manchmal waren die Summen, die er eintrug, verhältnismäßig hoch; manchmal gingen sie wieder herunter. Es war ein ewiges Steigen und Fallen, aber im allgemeinen bewegte sich die Kurve in aufsteigender Linie. Selbst den schwarzen Börsentag in Wall Street hatte er glücklich überstanden.

Julian hatte mit so gut wie nichts angefangen und sich vorgenommen, sich zurückzuziehen, wenn er ein Vermögen von einer halben Million zusammengebracht hatte. Bei seiner Veranlagung schien es nicht ausgeschlossen, dass er sein Ziel erreichte. Außerdem spielte er immer mit dem Gedanken, eine nicht zu intelligente reiche Erbin zu heiraten. Das war sein Lieblingstraum. Die Hoffnung, einmal eine Millionärstochter aus dem Wasser zu retten, hatte er allerdings schon lange aufgegeben. Früher, als er diesen Plan besonders schätzte, hatte er deshalb sogar Schwimmunterricht genommen.

So selbstzufrieden er sonst auch war, er hatte doch einen gewissen Sinn für Tatsachen und wusste sehr bald, wann er mit einem Plan nichts erreichen konnte. Das brachte ihn dann aber nicht etwa zur Verzweiflung; er nahm alle Schicksalsschläge mit philosophischer Ruhe hin.

Marie Fioli war in diesem Augenblick noch kein Fehlschlag für ihn, aber es stand doch ein sehr großes Fragezeichen hinter ihrem Vermögen. Und bevor diese Angelegenheit nicht auf die eine oder andere Weise geklärt war, konnte er sie nicht zum Abschluss bringen.

Julian nahm niemals ein zu großes Risiko auf sich, auch machte er keine unnötigen Anstrengungen. Solange der Heiratsplan mit Marie aussichtsreich war, arbeitete er in dieser Richtung, und er war optimistisch genug, das Beste zu hoffen. Vielleicht konnte er durch diesen Plan die Höchstgrenze seiner Hoffnungen erreichen. Er war auch nicht darauf versessen, die Summe von fünfhunderttausend Pfund unbedingt bis auf den Shilling genau zu erreichen: Das war nur ein allgemeines Ziel. Ob es etwas mehr oder weniger wurde, war gleichgültig.

Niemand kannte Julian durch und durch. Und kaum jemand in England wusste etwas von der schönen kleinen Villa in der Nähe von Florenz, die er sich vor einem Jahr gekauft hatte. Dorthin wollte er sich zurückziehen.

Jetzt fuhr er mit seinem Notizbuch und einem teuren Fotoapparat nach Wolverhampton. Seine Aufnahmen entwickelte er selbst. Das große Werk, das er einmal schreiben wollte und das niemals veröffentlicht werden würde, sollte von der Schlosserkunst handeln. Er hatte dieses Fach mit größter Sorgfalt studiert; er hatte Gelegenheit, alle großen Fabriken in England, die sich in dieser Richtung betätigen, zu besuchen, und seine Spezialkenntnisse ermöglichten es ihm, mit den Ingenieuren und Direktoren auf vertraulichem Fuß zu verkehren. Dadurch erfuhr er Dinge, die so leicht kein anderer hörte. Als Schriftsteller, der sich für dieses Fach besonders interessierte, hatte er Zutritt zu den Fabrikarchiven und lernte die Geheimnisse aller modernen Schlösser kennen. Er fotografierte Schlüssel und Schlösser, und manchmal erlaubte man ihm sogar, Modelle davon zu machen. In der Beziehung war er jedoch nicht sehr gewissenhaft; er nahm auch Abdrücke ohne Genehmigung. Aber davon erfuhr dann niemand etwas.

So kam es, dass er sich nach einigen Jahren rühmte, jedes Schloss in den großen Banken öffnen zu können, einschließlich der allerneuesten Typen, die einbruchs-, feuer- und sonstwie sicher sein sollten.

Niemand hätte Julian zugetraut, dass er große Körperkräfte besaß, aber tatsächlich konnte er mit der Gewandtheit eines Affen an einer Dachröhre in die Höhe klettern. Auch besaß er Kenntnisse über Edelsteine, um die ihn die besten Juweliere in Hatton Garden beneidet hätten. Selbst auf große Entfernung hin konnte er den Wert des Rings, den eine Dame trug, abschätzen, und er sah auf den ersten Blick die Fehler einer Perlenkette, die selbst von Fachleuten als einwandfrei betrachtet wurde.

Ebenso wusste er, dass jede Perle eine gewisse Form hatte, die man wiedererkennen konnte, und dass sich selbst berühmte Perlenhalsbänder, die man auseinandernahm, von erfahrenen Fachleuten identifizieren ließen. Aus diesem Grund wollte er nichts mit Perlen zu tun haben. Er hatte die schwere Kunst gelernt, Diamanten zu teilen und in neue Formen umzuschleifen, so dass sogar die Frauen, die einen solchen Schmuck jahrelang getragen hatten, nicht fähig waren, die Steine wiederzuerkennen. Auch auf allen möglichen anderen Gebieten entwickelte Julian Lester große Fähigkeiten.

Die Ungewissheit über Maries Vermögen machte ihm viel Kopfzerbrechen. Diese Frage musste möglichst schnell geklärt werden. Und sobald er zur Stadt zurückkam und die Fotos entwickelt hatte, machte er sich daran, diese Aufgabe zu lösen.

Er hatte eine Wohnung am Belford Square. Es war allerdings nur eine verhältnismäßig kleine Unterkunft; die Räume waren auch nur mit bescheidenem Luxus eingerichtet. Immerhin war sein Vater viel umhergereist; von ihm hatte Julian reich geschnitzte Schränke aus Japan und China, seidene Teppiche aus Isfahan, seltene Stickereien aus China, kostbare silber- und goldtauschierte Waffen geerbt. Die Sammlungen waren schon oft von Vorteil für ihn gewesen, wenn er Leute einladen musste, die ihm bei seinen finanziellen Plänen behilflich sein sollten.

14

Die Uhren draußen schlugen eins, als Julian in das Haus trat. Er stieg die nur spärlich beleuchtete Treppe hinauf, blieb auf dem zweiten Podest stehen, nahm seinen Schlüssel heraus und öffnete die Wohnungstür. Er bewegte sich fast lautlos; nur als die Tür aufging, gab es ein leises Geräusch.

Aber dieses schwache Knarren genügte, um jemand zu warnen. Als Julian die Tür weit aufmachte, sah er für den Bruchteil einer Sekunde einen Lichtschimmer durch die halboffene Tür seines Schlafzimmers. Es war nur ein kurzer Augenblick, dann war es wieder vollständig dunkel.

Julian Lester hatte viele Fehler, aber Mangel an Mut konnte man ihm nicht vorwerfen. Er schloss die Wohnungstür leise und riegelte sie von innen ab. Dann wandte er sich nach links, trat in sein Arbeitszimmer und schaltete dort das Licht ein. Aus einer Schublade nahm er eine Browning, ging in die Diele zurück und drehte dort das Licht an. Die Tür zum Schlafzimmer war geschlossen, aber er wusste ganz genau, dass sie vorher offen gestanden hatte. Kurz entschlossen riss er sie auf und schaltete auch hier das Licht ein.

„Hände hoch, mein Freund!"

Der Mann mit dem bleichen, ungesunden Gesicht taumelte zur Wand zurück. Er war geblendet durch das helle Licht; außerdem sah er, dass Julian die Schusswaffe gegen ihn hob. Aber er machte keinen Versuch, die Hände zu bewegen.

„Ich kann die Arme nicht hochheben", sagte er heiser. „Ich habe einen bösen Herzfehler ..."

Er sah alt, schrecklich alt aus und hatte von vielen Falten durchfurchte Züge, tiefliegende Augen, buschige, überhängende Brauen und graue Haare. Sein Gesicht zuckte nervös, als er in die Mündung der Waffe sah.

„Ich bin geschlagen! Ich werde mich ruhig verhalten. Wollen Sie mir nicht eine Chance geben? Ich bin nach einer Gefängnisstrafe auf Lebenszeit eben aus Dartmoor entlassen worden. Sie wollen doch einen alten Mann nicht wieder ins Zuchthaus zurückschicken?"

Seine Stimme klang weinerlich und bittend. Julian sah ihn verächtlich an. Die Kleider des Einbrechers waren abgetragen, die Schuhe schäbig. Alles an ihm stieß Julian ab.

„Wie sind Sie denn hier hereingekommen?" fragte er.

Das offene Fenster ließ diese Frage überflüssig erscheinen.

Der Mann hatte sofort eine Erklärung und Entschuldigung zur Hand, aber auf Julian machte das keinen großen Eindruck. Er hörte ihm mit eisiger Ruhe zu. Als erstklassiger Berufseinbrecher verachtete er diese Fehler eines Amateurs. Schließlich ließ er den Mann vor sich hergehen und brachte ihn in sein Arbeitszimmer. Als er die Wohnung oberflächlich durchsuchte, sah er, dass nichts fehlte. Wahrscheinlich waren sie beide zugleich in der Wohnung angekommen: der Einbrecher durch das Fenster, er selbst durch die Tür.

„Ich bin am Verhungern."

„Wie heißen Sie? Es ist allerdings lächerlich, einen Mann wie Sie nach seinem Namen zu fragen."

„Smith", erwiderte der Mann und grinste.

Zuerst wollte Julian nach der Polizei schicken, aber er hatte noch nie eine solche Situation erlebt, und sie machte ihm eine gewisse Freude. Er ließ also den Mann in die kleine Küche gehen. Seine Aufwartefrau hatte ihm hier ein einfaches Abendbrot zurechtgemacht, und da Julian im Klub gegessen hatte, brauchte er es nicht.

„Setzen Sie sich und essen Sie!" sagte er.

Nach anfänglichem Zögern setzte sich der Mann hin. Am Verhungern schien er nicht gewesen zu sein, denn er aß sehr wenig, und Julian schloss daraus mit Recht, dass der Einbrecher gewohnheitsmäßig log.

Julian überlegte sich, was Morlay unter diesen Umständen wohl getan hätte. Natürlich hätte er sofort die Polizei benachrichtigt und den armen Teufel verhaften lassen. Julian hätte das jetzt auch noch tun können, aber dann fiel ihm etwas anderes ein.

„So, Sie sind also zu lebenslänglicher Zuchthausstrafe verurteilt worden? Das bedeutet in England zwanzig Jahre."

Smith nickte.

„Welches Verbrechen haben Sie denn begangen?"

Der Mann warf Julian einen prüfenden Blick zu.

„Mord!" sagte er dann mit kaltblütiger Ruhe, so dass selbst Julian ein Schauer überlief. „Ich war gerade bei einem Einbruch und habe dabei einen Polizisten niedergeknallt. Das heißt, das war ein Zufall", setzte er schnell hinzu, als er sah, welchen schlechten Eindruck das auf den anderen machte. „Dann hat eine Menge von gemeinen Lügnern gegen mich ausgesagt. Man hätte mich auch gehenkt, aber jemand hat eine Petition für mich eingereicht."

„Das war es also", erwiderte Julian. Er hatte nun einen Entschluss gefasst.

„Kommen Sie mit, wenn Sie mit dem Essen fertig sind", sagte er kurz.

Smith atmete erleichtert auf und sprang so schnell und behände auf, wie man es ihm bei seinem Alter kaum zuge-traut hätte.

„Ich ...", begann er, dann sah Julian plötzlich, dass sich die Züge des Mannes schmerzlich verzerrten. Seine ungesunde, bleiche Gesichtsfarbe wurde dunkelrot und ging an manchen Stellen in ein sonderbares Blau über. Nervös suchte er in seinen Taschen und holte schließlich eine kleine Medizinflasche hervor. Mit zitternden Händen entfernte er den Korken, setzte sie an die Lippen und trank, bevor er kraftlos in einem Stuhl zusammenbrach. Julian sah den Mann bestürzt, fast furchtsam an und atmete auf, als Smith allmählich wieder zu sich kam.

„Es ist das Herz", sagte Smith schnell. „Solche Anfälle habe ich zuweilen. Ich muss immer die Medizin bei mir tragen, sonst kratze ich ab."

Er verschloss die Flasche wieder und steckte sie in die Westentasche.

„Ich möchte etwas für Sie tun", sagte er dann. „Sie sind der erste, der freundlich zu mir gewesen ist."

Julian wusste, dass das die gewöhnliche Redensart der alten Sträflinge war, mit der sie andere Leute freundlich zu stimmen hofften. Aber er war durch den Anfall so abgelenkt, dass er sich täuschen ließ und diese Versicherung mit Zufriedenheit hinnahm.

„Wenn Sie sich bekehren ließen und von jetzt ab ein anständiges Leben führten, gäbe es viele Leute, die Ihnen gern helfen würden."

„Das sagen Sie so, aber es ist nicht der Fall. Hinter einem Sträfling sind immer alle her. Wenn Sie mir eine anständige, ruhige Arbeit geben könnten –"

Er sprach weiter, aber Julian hörte nicht zu. Plötzlich kam ihm ein Gedanke. Dieser Mann konnte ihm bei gewissen Gelegenheiten nützliche Dienste leisten und im schlimmsten Fall für ihn selbst als Sündenbock gelten.

„Wo wohnen Sie denn? Wie kann ich mich mit Ihnen in Verbindung setzen?"

Smith sagte ihm das gern, und Julian schrieb die Adresse auf die Rückseite einer seiner Visitenkarten.

„Hier sind zehn Shilling", erklärte er dann und gab dem Mann das Geld. „Vielleicht habe ich einmal etwas für Sie zu tun. Besuchen Sie mich von Zeit zu Zeit hier – nein, es ist besser, ich schicke nach Ihnen, wenn ich Sie brauche."

Er brachte den Mann zur Haustür und begleitete ihn auf die Straße.

Julian war mit sich und seinem Erfolg zufrieden. Er hatte ein gutes Werk getan; es hatte ihn nur zehn Shilling gekostet und ein wenig Essen. Als er sich zu Bett legte, fühlte er eine gewisse Unruhe, so dass er schließlich aufstand und die Schubladen im Arbeitszimmer genau untersuchte. Aber er konnte nur feststellen, dass der Einbrecher nichts genommen hatte. Zufrieden legte er sich wieder hin.

Am nächsten Vormittag hatte Julian mit Komiteesitzungen in einem wohltätigen Verein zu tun, und später ging er mit dem Sekretär der Gesellschaft zu Tisch.

Um drei Uhr hatte er eine Verabredung am Belford Square. Ein kleiner Herr mit scharfgeschnittenen Gesichtszügen ging vor Julians Haus auf und ab und wartete auf ihn. Lester begrüßte ihn mit einem Kopfnicken und führte ihn dann in seine Wohnung.

„Jawohl", erwiderte der Mann und zog ein kleines Notizbuch aus der Tasche. „Ich war in dem Laden und habe mich mit dem jungen Herman angefreundet."

Er berichtete über einige Einzelheiten, die jedoch keinen großen Wert hatten. Julian überließ nichts dem Zufall, er wollte unter allen Umständen sichergehen. Dieser Agent war bei einer guten Detektei angestellt, an die sich Julian gewandt hatte, nachdem John Morlay seinen Auftrag abgelehnt hatte.

„Das ist sehr gut. Halten Sie sich an den Jungen und sehen Sie, was Sie aus ihm herausbekommen können. Sie wissen, dass ich soviel wie möglich über Mrs. Carawood erfahren möchte. Wie sie ihr Geschäft angefangen hat, woher sie ihr Geld hat und so weiter. Abgesehen von dem Geld, das ich Ihrer Firma bezahle, werde ich Ihnen eine recht schöne Belohnung aussetzen, wenn Sie alles wunschgemäß herausbringen."

„Sie können sich auf mich verlassen", erwiderte Martin optimistisch. „Bevor eine Woche um ist, kann ich den Jungen um die Finger wickeln."

„Das hoffe ich auch", entgegnete Julian trocken. Er hatte seine eigenen Ansichten über Herman und wusste, dass dieser nicht so leicht zu behandeln war.

Dieser Martin konnte ebenso nützlich sein wie John, und nachdem Julian es sich genauer überlegte, kam er zu der Entscheidung, dass es schließlich für ihn gut war, wenn die Firma Morlay den Fall nicht weiter bearbeitete.

Es war elf Uhr morgens, als Mrs. Carawood einen Rundgang bei ihren Geschäften begann. Aus einiger Entfernung hinter dem Laden in der Penton Street kam vom Hof eine Stimme, die ein einfaches Lied sang, und auch das nicht einmal ganz richtig. Der Mann sägte, und zum Takt der Säge sang er. Von Zeit zu Zeit kam Herman auf den Hof und schüttelte den Kopf, aber der Gesang verstummte nicht.

„Warum machen Sie denn solchen Spektakel?" rief der junge Mann schließlich. „Die Säge knirscht doch schon genügend!"

„Ich bin erstaunt, dass Sie meinen Gesang nicht leiden können", erwiderte Mr. Fenner freundlich, aber vorwurfsvoll.

Er machte eine Pause und wischte die Hände an der Schürze ab. „Ist Mrs. Carawood ausgegangen?"

Seine Stimme klang etwas betrübt. Er hatte an diesem Tag extra Urlaub von seiner Firma genommen, um im

Laden Mrs. Carawoods eine Anzahl kleiner Reparaturen vorzunehmen, die meistens nicht notwendig waren.

„Sie ist zu den anderen Läden gegangen, um einmal nachzusehen, wie es dort steht", entgegnete Herman und machte sich wieder eifrig daran, Schuhe zu putzen. „Sind Sie jetzt mit der Tür fertig?"

Fenner nickte. „So ziemlich. Ich muss noch ein wenig nachputzen und dann die hellen Stellen mit Politur überstreichen." Er schaute nachdenklich auf Herman.

„Hören Sie mal zu, Freund."

Herman drehte sich nach ihm um.

„Gibt es hier noch etwas anderes für mich zu tun? Ich habe den ganzen Tag frei, und ich möchte mich gern nützlich machen. Und wenn ich Mrs. Carawood frage, sagt sie immer, es gäbe nichts für mich zu tun."

„Wenn Mrs. Carawood das sagt, wird es wahrscheinlich auch so sein. Wollen Sie sich eigentlich ganz bei uns einquartieren?"

„Werden Sie nicht ausfallend", warnte ihn Fenner. „Kommen Sie mal her und sehen Sie sich die Tür an."

Herman warf einen Blick in den Laden. Die Verkäuferin war zum Mittagessen fortgegangen.

„Ich kann den Laden nicht alleinlassen."

„Es ist doch eine Klingel an der Tür."

Mr. Fenner ließ sich nicht so leicht abweisen. Er brauchte vor allem eine Bestätigung seiner Tätigkeit. Und jetzt wollte er möglichst noch eine Tür aushängen und daran herumbasteln. Er musste irgendeinen Vorwand haben, sich hier im Haus aufzuhalten, denn er fühlte sich nur hier wohl, in der Nähe der Frau mit dem dunklen Gesicht, die er seit langem verehrte.

Während Herman noch überlegte, ob er der Aufforderung Folge leisten sollte, öffnete sich die Tür, und ein Herr trat in den Laden.

15

Herman ging langsam in den Laden zurück.

„Hallo!" sagte er unfreundlich.

„Guten Morgen, Herman!"

„Ich habe Ihnen nicht die Erlaubnis gegeben, mich Herman zu nennen", entgegnete der junge Mann und wurde rot. „Wollen Sie etwas kaufen? Dann kann ich Ihnen gleich von vornherein sagen, dass die Verkäuferin nicht hier ist."

„Aber mein Lieber ...", begann Mr. Martin.

„Ich will nicht, dass Sie mich ‚mein Lieber' nennen", erklärte Herman laut.

Er sah sich um. Fenner war verschwunden.

„Und versuchen Sie nur nicht, mir einen Safe aufzuschwatzen, um mein Geld darin einzuschließen, denn ich habe keins. Und fragen Sie mich auch nicht, ob Mrs. Carawood einen Safe kaufen will. Ich habe Ihnen schon gesagt, dass sie das nicht tut."

Martin grinste übers ganze Gesicht.

„Aber gerade sie braucht doch sicher einen sehr guten und sehr starken Safe. Verstehen Sie denn nicht, dass es gefährlich ist, wenn sie ihr ganzes Geld in einem Kasten unter dem Bett aufbewahrt?"

„Davon habe ich nichts gesagt", erwiderte Herman unwirsch und sah ihn wütend an. Einen Augenblick dachte Martin schon, dass der junge Mann ihn angreifen würde.

„Ich komme doch nur als Geschäftsmann her", begann er wieder freundlich, um den anderen zu beruhigen und zu entwaffnen. „Ich wollte Mrs. Carawood doch nur einen

Safe anbieten, damit sie ihre Wertsachen einschließen kann. Und ich liefere ihn zu außerordentlich günstigen Bedingungen."

„Und ich sage Ihnen, dass sie keine Schränke zu außerordentlich günstigen Bedingungen braucht!" rief Herman heftig. „Sie verdient ihr Geld auf ehrliche Weise."

Er ging zur Ladentür und machte sie weit auf.

„Sie kommen nur hierher, um zu spionieren und sich umzusehen. Sie wollen mich dazu bringen, alles auszuplaudern. Sie sind ein ganz gemeiner Schnüffler – so, jetzt habe ich es Ihnen gesagt, und wenn Sie nicht bald gehen, dann rufe ich die Polizei!"

„Ich wollte doch Mrs. Carawood sprechen."

Herman zeigte majestätisch auf die Straße hinaus.

„Dann können Sie draußen warten."

Es war erst zwei Tage her, dass der neue, von Mr. Julian Lester engagierte Privatdetektiv den Laden zum ersten Mal aufgesucht hatte. Er hatte es so gerissen angestellt, dass sowohl Mrs. Carawood als auch ihre Verkäuferinnen zu der Zeit gerade ausgegangen waren, und durch seine schlauen Kniffe hatte er Herman dazu gebracht, ihm verschiedenes zu erzählen. Auf diese Weise hatte er mancherlei über das Geschäft erfahren. Er wusste, dass Mrs. Carawood ein Bankkonto besaß; er hatte sogar gehört, wie hoch dasselbe war. Und er wusste auch von dem schwarzen Kasten, den sie unter ihrem Bett verwahrte und dessen Schlüssel sie stets bei sich trug. Die letzten zwei Tage hatte sich Herman die größten Vorwürfe gemacht, dass er so viel verraten hatte, aber er hatte nicht gewagt, ihr das mitzuteilen. Er verehrte und liebte sie mehr als sein Leben, und seine Reue verwandelte sich nun in Zorn und Ärger gegen den Privatdetektiv. Herman packte eine Bürste mit langem Handgriff und ging damit auf ihn los; aber Martin wartete nicht, bis es zu Handgreiflichkeiten kam.

Er hatte verschiedene Einzelheiten Julian noch nicht mitgeteilt, aber jetzt brauchte er daraus kein Geheimnis mehr zu machen. Aus der kurzen Unterredung hatte er ersehen, dass er aus dieser Quelle keine weiteren Nachrichten schöpfen konnte. Er eilte deshalb nach Bedford Square, um Julian zu treffen, und er hatte auch Glück.

„Nun, was bringen Sie Neues?"

Etwas umständlich erzählte ihm der Privatdetektiv, was er erfahren hatte und was er vermutete.

„Sie hat nahezu zwanzigtausend Pfund auf der Bank und einen Umsatz von etwa tausend Pfund in der Woche. Ich nehme auch an, dass sie Anteilscheine und Aktien auf der Bank hat. Dokumente und Schriftstücke bewahrt sie bei sich auf."

„Meinen Sie nicht, dass sie die in einem Tresor auf der Bank deponiert hat?"

„Nein, sie sind in dem schwarzen Holzkasten. Es war nicht leicht, aus diesem Herman etwas herauszubekommen, aber zufällig hat er es mir gegen seinen Willen gesagt. Ich ging als Vertreter in den Laden und wollte einen Geldschrank verkaufen. Dabei kam natürlich verschiedenes zur Sprache. Es ist ein ziemlich großer Kasten. Ich versuchte, ihn zu überreden, dass er ihn mir zeigte, aber so dumm war er nicht. Der Kasten hat zwei Schlösser, und sie trägt die Schlüssel an einer Kette um den Hals. Die Schlafzimmertür ist immer verschlossen, und der Kasten wird nur selten geöffnet, höchstens einmal, wenn die Gräfin in die Stadt kommt."

„Hat er Ihnen das gesagt?" fragte Julian schnell.

Der Mann zögerte. „Ausdrücklich hat er mir das nicht gesagt. Ich musste vielmehr seine verschiedenen Äußerungen zusammenstellen und kombinieren. Eines möchte ich noch sagen: Ich glaube nicht, dass es vorteilhaft ist, wenn wir beide zusammen gesehen werden. Als wir gestern auf der Straße miteinander sprachen, sah ich, dass Mr. Morlay vorüberging, und ich bin fest davon überzeugt, dass er uns bemerkt hat."

„Das halte ich auch für wahrscheinlich", lächelte Julian. „Aber er weiß sowieso, dass ich Nachforschungen anstelle."

Mr. Martin war neugierig; das gehörte zu seinem Beruf.

„Entschuldigen Sie, aber Sie haben mir noch wenig über Ihre Absichten mitgeteilt. Was wollen Sie eigentlich herausfinden? Meine Aufgabe würde mir bedeutend leichter fallen, wenn ich wüsste, worauf Sie hinaus wollen ..."

„Sie wünschen, dass ich Sie ganz ins Vertrauen ziehe?"

„Ich weiß nicht, was die Frau Ihrer Meinung nach getan haben soll. Bisher konnte ich nur entdecken, dass sie ihre Wertsachen in einem Holzkasten unter ihrem Bett verwahrt, und das ist doch dem Gesetz nach keine strafbare Handlung."

„Nein, das nicht. Ich will Ihnen also vertraulich etwas mitteilen, Martin. Ich habe allen Grund zu der Annahme, dass diese Frau wichtige Tatsachen verheimlicht, die eine junge Dame betreffen – ich meine die Gräfin Marie Fioli. Diese junge Dame besitzt vermutlich ein großes Vermögen, weiß aber selbst nichts davon. Es ist jedoch unbedingt notwendig für mich, dass ich genau über ihre finanzielle Lage unterrichtet werde."

Martin verstand nun.

„Das ist also der Kernpunkt der ganzen Sache. Aus gewissen Gründen kann ich es mir nicht leisten, Nachforschungen auf dem gewöhnlichen, langsamen Weg zu betreiben. Ich muss schnell zu einer Entscheidung kommen ..."

„Ich begreife. Sie wollen wissen, ob sich noch ein anderer um sie bewirbt, dem es nicht darauf ankommt, ob sie Vermögen besitzt oder nicht."

Diese Bemerkung war an sich eine Taktlosigkeit, aber Julian fühlte sich dadurch nicht beleidigt. Er hatte zwar nicht gern mit Privatdetektiven zu tun, aber die Lage war kritisch, und er war deshalb bereit, für zuverlässige Nachrichten viel Geld auszugeben. Es konnte sich ja hier eine günstige Gelegenheit für ihn ergeben, wie sie sich in seinem ganzen Leben nicht wieder bieten würde. Abgesehen von seinen vielen Verfehlungen war er kein allzu schlechter, aber auch kein besonders guter Charakter.

Er liebte Marie so sehr, als es ihm seiner Veranlagung nach möglich war, und wenn er sie geheiratet hätte, wäre er sicher freundlich und liebevoll zu ihr gewesen und hätte ihre Interessen mit der größten Ehrlichkeit wahrgenommen.

Er schickte Martin fort und gab ihm eine kleine Summe als Anzahlung auf eine spätere Sonderbelohnung. Dann ging er in sein Schlafzimmer, brachte seine Frisur in Ordnung, knüpfte die Krawatte neu und betrachtete sich kritisch in dem großen Spiegel. Marie war in der Stadt, und er musste vor allem den guten Eindruck, den er auf sie gemacht hatte, aufrechterhalten.

Auf dem Weg nach Pimlico dachte er darüber nach, ob er tatsächlich mit seiner Vermutung recht hatte, dass sich Morlay in das schöne Mädchen verliebt hatte. Er hielt es eigentlich kaum für möglich, dass sich Leute in altmodischer Weise ineinander verlieben konnten, und John war seiner Meinung nach kein Mann, der sich ohne weiteres in ein schönes Gesicht vergaffte. Das Vermögen Marie Fiolis bedeutete nichts für Morlay, davon war Julian fest überzeugt. John war sehr wohlhabend; er hatte ein großes Vermögen von seinem Vater geerbt und bezog außerdem glänzende Einnahmen aus seinem gutgehenden Geschäft.

Julian schob die Möglichkeit ohne weiteres beiseite. Als er den Laden in der Penton Street erreichte, fand er Herman, der noch ganz aufgeregt von der Auseinandersetzung mit Martin war. Aber Julian lächelte er freundlich zu.

„Nein, Mrs. Carawood ist nicht zu Hause."

119

„Ist sie nach Ascot gefahren, um die Contessa Fioli abzuholen?"

„Nein, Mr. Morlay ist hingefahren, um Mylady herzubringen. Er ist mit ihr engagiert."

„Was, er ist mit ihr engagiert? Meinen Sie Mr. John Morlay?"

Herman nickte heftig.

„Ja, ein sehr netter Herr."

„Aber wie in aller Welt ist das möglich ...", begann Julian, dann schwieg er.

Sollte der Junge meinen, dass Marie mit Morlay verlobt war? John hatte doch den Eindruck gemacht, als ob er sich für das junge Mädchen überhaupt nicht interessierte! Er hatte von Marie wie von einem Kind gesprochen.

„Wollen Sie damit sagen, dass Mr. Morlay mit der Gräfin verlobt ist und sie heiraten will?".

Herman lachte. „Nein, er ist doch engagiert, damit er auf sie aufpassen soll."

Nun musste Julian laut auflachen.

Wenn Herman auch nicht über Mrs. Carawood sprechen wollte, so erzählte er doch umso mehr von Contessa Fioli. In diesem Punkt konnte man ihn ausholen.

„Ob ich die Contessa Fioli kenne? Selbstverständlich kenne ich sie! Mrs. Carawood hat sie doch hier in diesem Haus erzogen, als ich noch ein Kind war. Damals war ich hier Laufbursche und musste die kleinen Aufträge erledigen. Mrs. Carawood hatte in jener Zeit noch nicht all die verschiedenen Läden."

Julian hätte gern gewusst, welche Pläne für Maries Leben hier in der Stadt bestanden, und fragte danach.

„Contessa Fioli wird eine eigene Wohnung haben, ebenso ein eigenes Mädchen und eigene Dienerschaft. Aber sie wird wohl auch häufig hierherkommen, wenn sie in der Stadt ist."

„Ist sie eigentlich sehr reich?" fragte Julian gleichgültig.

Herman runzelte die Stirn.

„Das kann ich Ihnen nicht sagen. Aber ich würde es nicht verstehen, wenn eine Gräfin nicht reich wäre!"

In diesem Augenblick trat Mrs. Carawood in den Laden. Sie sah hübsch und jugendlich aus mit einem neuen Hut und einem dunkelgrünen Mantel, den sie aber sofort ablegte. Hier in dieser Umgebung erschien sie Julian natürlicher als auf dem Landsitz in Ascot. Sie war eine Frau aus dem Volk; um das festzustellen, brauchte er keine großen Nachforschungen vorzunehmen. Das konnte man deutlich erkennen und auch an ihrem Akzent hören. Sie sprach eine ziemlich unverfälschte Londoner Mundart.

„Guten Morgen, Mr. Lester", sagte sie und sah ihn fragend an. „Sind Sie gekommen, um mit Marie wegen des Rings zu sprechen? Der wurde wieder zurückgeschickt."

„Das weiß ich schon", erwiderte Julian. „Ich wollte mit Marie nur so ein wenig plaudern." Sie sah ihn argwöhnisch von der Seite an.

„Auch mit Ihnen wollte ich mich gern einmal unterhalten über Marie. Ich habe mir die Sache heute Morgen überlegt und sagte mir, dass es vielleicht am besten sei, Ihnen mitzuteilen, was ich für Contessa Fioli empfinde. Was wollen Sie nun mit der jungen Dame tun, nachdem sie die Schule verlassen hat?"

Sie sah ihn immer noch halb abweisend, halb zweifelnd an. „Was ich mit ihr tun werde? Ich kann doch Mylady höchstens einen Rat geben! Sie ist nun erwachsen und kann machen, was sie will. Das sollte Ihnen doch klar sein. Es ist jetzt anders, nachdem sie eine junge Dame ist. Und junge Damen nehmen nicht gern den Rat ihrer alten Erzieherinnen an."

„Aber wenn sie nun auf Ihren Rat hörte – was würden Sie ihr dann sagen?"

„Ich würde ihr den Rat geben, jemanden zu heiraten, den sie liebt, und nicht jemanden, der auf ihr Vermögen aus ist."

Sie hatte ihm eine günstige Gelegenheit gegeben, die er nicht ungenützt vorübergehen lassen wollte.

„Aber wie können Leute hinter ihrem Vermögen her sein? Es weiß doch überhaupt niemand, ob sie Geld hat."

„Ich weiß es."

„Vielleicht sind es ein paar tausend Pfund", sagte er aufs Geratewohl. „Aber das würde doch kaum einen Mitgiftjäger reizen."

„Es ist gleich, ob sie viel oder wenig hat. Sie wird den rechten Mann heiraten", erklärte Mrs. Carawood kategorisch. „Ich glaube, ich habe Ihnen das auch schon in Ascot gesagt, Mr. Lester. Der rechte Mann, der sie schätzt und liebt, will nicht genau wissen, wieviel Vermögen sie geerbt hat. Und jetzt habe ich keine Zeit mehr. Sie müssen mich entschuldigen ..."

Mit diesen Worten verabschiedete sie sich von Julian, der darüber nicht unzufrieden war.

16

Es war nicht leicht, mit Mrs. Carawood zu verhandeln. Sie nahm keine Geschenke oder Gefälligkeiten an; sie führte ihr Geschäft rücksichtslos und stand bei den Grossisten Londons in dem Ruf, gute kaufmännische Begabung zu besitzen.

„Ist Mr. Fenner gegangen?" fragte sie, als Julian verschwunden war.

„Nein, der ist noch unten im Hof und arbeitet an der Tür."

„Um Gottes willen! Er hat ja so viel Zeit dazu gebraucht, dass er inzwischen ein Haus hätte bauen können!" erklärte Mrs. Carawood.

Nachdem Herman ihn gerufen hatte, erschien Mr. Fenner selbst auf der Bildfläche.

„Haben Sie die Tür repariert?"

„Jawohl, Mrs. Carawood, ich bin eben damit fertig geworden und habe sie wieder eingehängt."

„Das ist gut." Sie schloss eine Schublade ihres Schreibtisches auf und nahm eine kleine Kassette heraus. „Wieviel habe ich Ihnen für Ihre Mühe zu zahlen? Was berechnen Sie mir dafür?"

Mr. Fenner schloss die Augen.

„Sie meinen dafür, dass ich die Tür repariert habe?" fragte er beleidigt. „Ich habe doch nur sozusagen mit dem Pinsel ein wenig Politur nachgestrichen."

„Aber Fenner, seien Sie doch vernünftig. Wenn Sie es nicht gemacht hätten, dann hätte ich doch einem andern den Auftrag geben und ihn bezahlen müssen. Und ich will meine Freunde nicht ausnützen. Sagen Sie es schnell, damit wir die Sache erledigt haben. Contessa Fioli kann jeden Augenblick kommen."

„Wozu hat man denn Freunde?" deklamierte Mr. Fenner mit dem Pathos eines Volksredners. „Doch nur dazu, dass sie einem helfen sollen, wenn man in Not ist."

Er zeigte mit der Hand auf die hölzerne Zwischenwand, hinter der Mrs. Carawood gewöhnlich saß.

„Halten Sie es nicht für besser, dass ich dort hinten einen kleinen Raum einrichte statt dieser halbhohen Trennungswand?"

Sie legte mit einem Seufzer die Feder beiseite.

„Fenner, glauben Sie denn, dass ich Sie umsonst für mich arbeiten lassen würde? Herman!"

Der junge Mann trat in den Laden.

„Mrs. Carawood hat Sie gerufen", erklärte Fenner hilfsbereit.

„Mylady kommt heute zurück, Mr. Fenner", entgegnete Herman nach einem Blick auf seine Chefin.

„Ach, ich wünschte, sie wäre nicht adlig. Diese schrecklichen Klassenunterschiede!" Als ihn ein missbilligender Blick von Mrs. Carawood traf, fuhr er fort: „Die Menschen sind doch alle gleich geboren. War etwa Adam ein Lord oder Eva eine Herzogin?"

Nun wurde es Mrs. Carawood zuviel, und sie unterbrach ihn.

„Wenn Sie weiter solchen Unsinn reden, werfe ich Ihnen noch etwas an den Kopf, Fenner! Warum sollte denn die Gräfin Fioli ihren Titel aufgeben? Sie wurde doch damit geboren! Das wäre genauso, als ob ich von Ihnen verlangen würde, Sie sollten Ihre Zunge nicht mehr gebrauchen. Auf jeden Fall ist Ihre Anwesenheit hier im Laden überflüssig, wenn Mylady herkommt."

Fenner ließ sich dadurch nicht beeindrucken und gab Herman ein Zeichen. Der junge Mann verließ den Laden, weil er den Eindruck hatte, dass Mr. Fenner über Geldangelegenheiten reden wollte.

„Was fällt Ihnen ein, dass Sie Herman hinausschicken?"

„Es handelt sich um eine rein persönliche Angelegenheit", sagt Fenner heiser und setzte sich. „Mrs. Carawood, schon seit zehn Jahren kenne ich Sie –"

Sie hob warnend die Hand, aber er sprach trotzdem weiter. „Ich muss es einmal sagen. Zehn Jahre kenne ich Sie nun, und während dieser ganzen langen Zeit bin ich nicht ein einziges Mal betrunken gewesen. Habe ich mich nicht tadellos aufgeführt? Ich bin immer zuverlässig und treu gewesen. Ihr Geld will ich nicht. Geld widert mich an ... Übrigens habe ich auch selbst eine schöne Summe gespart."

Sie erhob sich langsam und lächelte nachsichtig.

„Fenner, Sie sind kein schlechter Mensch, obwohl Sie viel zuviel reden. Aber beruhigen Sie sich, ich heirate nicht mehr."

„Wenn ich das sagen darf – Sie sind doch noch jung, Mrs. Carawood, und Sie haben auch weiter keinen Anhang und keine Familie."

„Ich will aber nicht. Es hat keinen Zweck. Ich habe Sie ganz gern, Sie sind ein aufrechter, anständiger Mann, aber heiraten nein."

Er nahm verlegen ein Buch vom Schreibtisch und blätterte es durch. „Was ist dies hier?"

Sie wandte sich um und nahm ihm den Band schnell ab.

„Lassen Sie Dinge liegen, die Sie nichts angehen", sagte sie scharf.

Aber Mr. Fenner hatte schon den Titel gelesen.

„Nur ein Ladenmädchen. Eine rührende Geschichte von Liebe und Opfermut. Sie lieben also diese Art Romane, Mrs. Carawood?"

„Die habe ich schon seit meiner frühen Jugend gelesen", antwortete sie gereizt.

„Ich gebe ja zu, dass sie ganz nett geschrieben sind", erwiderte er grosszügig. „Aber sehen Sie, ich habe verschiedene Werke von Herbert Spencer und John Stuart Mill gelesen – das ist Philosophie! Sie sollten auch einmal diese großen und klaren Gedanken in sich aufnehmen. Aber so etwas lesen Sie ja für gewöhnlich nicht."

„Nein. Und ich lese auch diese Romane nicht alle selbst. Herman hat sie so gern."

Mr. Fenner war empört.

„Es ist etwas Entsetzliches, wenn man keine Erziehung hat! – Wie steht's denn mit dieser jungen Dame, die war doch wohl auf einem College?"

„Ja."

Kühn nahm er wieder ein Buch vom Tisch.

„>Die Versuchung der Herzogin.< Mrs. Carawood, Sie sind immer romantisch gewesen."

Aber damit hatte er eine sehr empfindliche Stelle bei ihr getroffen.

„Ja, ich bin romantisch, und wenn man sich auch mit Geschäften abgeben muss, ist es doch eine Freude, sich in der Phantasie Marmorhallen und Paläste vorzustellen."

„Ich verstehe", sagte Fenner. „Deshalb gehen die Leute auch soviel ins Kino."

Sie nahm ihn an den Schultern und schob ihn in die Mitte des Zimmers.

„Fenner, ich sehe Sie ja von Zeit zu Zeit gern, aber haben Sie denn überhaupt nichts zu arbeiten? Sie verschwenden hier Ihre Zeit, und ich hasse es, wenn jemand das tut."

Und nun gab er eine gewundene Erklärung ab. Sein Chef war krank. Mrs. Carawood kannte den alten Mann; er hatte eine Tischlerwerkstatt in der Penton Street und war ein etwas griesgrämiger Herr mit einer scharfen Zunge.

„Ich habe die ganzen sechzehn Jahre bei ihm gearbeitet, und es kommt mir so einsam und trostlos vor, wenn ich in die Werkstatt gehen soll und er nicht dort ist ..."

Sie hörte nicht mehr auf ihn, denn Marie kam gerade zur Tür herein.

17

John Morlay hatte sich hingesetzt und dachte über sich und seine Probleme nach. Seit drei Tagen war die Ausübung seiner Pflicht ziemlich leicht gewesen. Mrs. Carawood hatte ihn nicht angeläutet, seine Anwesenheit war also offensichtlich nicht gewünscht worden. Ein normaler Mann hätte eine solche Ruhepause begrüßt, besonders wenn er wie Mr. Morlay viel zu tun gehabt hätte. Es mussten Besprechungen mit Kunden abgehalten, Bilanzen durchgesehen, unehrliche Kassierer verfolgt werden.

Aber Morlay ärgerte sich darüber. Sooft das Telefon klingelte, schlug sein Herz schneller. Er hatte einen glücklichen Abend mit Marie verbracht, als er mit ihr ins Theater gegangen war. Wie das Stück eigentlich hieß und was auf der Bühne gespielt wurde, wusste er allerdings nicht.

Das Schlimmste aber war, dass er zu den ungewöhnlichsten Stunden die Penton Street entlangwanderte. Einmal war er sogar um fünf Uhr morgens unter ihrem Fenster vorübergegangen. Und immer hatte er eine Entschuldigung für solche Extravaganzen. Vor langer Zeit hatte sein Doktor ihm einmal geraten, morgens vor dem Frühstück einen Spaziergang zu machen.

Aber das war kein Grund dafür, sich nachts auf die gegenüberliegende Seite der Straße zu stellen und nach dem Licht in Maries Fenster zu sehen, wie das in der zweiten Nacht nach der Rückkehr von Ascot geschehen war. Was hätten wohl all seine ehrsamen Vorfahren gesagt, wenn sie das gewusst hätten! Das waren Leute gewesen, deren Liebesangelegenheiten sich in gewohnten Bahnen abgespielt hatten.

Er hätte sich auch nicht vorstellen können, dass Onkel Percival oder Onkel Jackson im Mondlicht vor einem Laden spazierengingen, in dem alte Kleider verkauft wurden.

Dreimal hatte er Mrs. Carawood besucht, in der Hoffnung, Marie Fioli zu sehen. Aber er hatte Pech, jedesmal war das junge Mädchen ausgegangen. Einmal war sie im Konzert, einmal mit Julian Lester bei einer befreundeten Familie zum Tee. Morlay begann Julian mit einer Leidenschaft zu hassen, die er selbst nicht begreifen konnte.

Und nun saß er da, stützte den Kopf in die Hände und ließ die Arbeit liegen. Nach einer Weile störte ihn ein Angestellter und meldete einen Besucher an.

„Was, ein Mönch?" fragte John überrascht. „Was will der denn? Lassen Sie ihn herein."

Als der Fremde eintrat, kam John Morlay der Gedanke, dass er diesem Mönch mit dem langwallenden grauen Bart schon irgendwo begegnet sein musste. Der Mann trug eine braune Kutte und einen härenen Strick als Gürtel, ging barhäuptig und hatte Sandalen an den Füßen. Plötzlich fiel Morlay ein, wo er ihn schon gesehen hatte.

„Ach, Pater Benito!" sagte er und reichte ihm die Hand.

„Nun, ich scheine ja sehr bekannt zu sein", entgegnete der Pater trocken. „Nein, danke, Mr. Morlay, ich möchte mich nicht setzen. Vielleicht gestatten Sie, dass ich auf und ab gehe, ich bin nämlich etwas nervös. Aber ich verspreche Ihnen, Sie nicht zu lange aufzuhalten."

Pater Benito war ein Franziskaner, dessen Predigten großes Aufsehen erregt hatten. Viele Leute waren in der Franziskanerkirche in Mayfair zusammengeströmt, und seine Angriffe auf gewisse Kreise der Gesellschaft hatten ihn sogar berühmt gemacht. John sprach mit ihm darüber. Der Pater verzog das Gesicht und lachte dann schalkhaft.

„In dieser Welt des Scheins und Trugs fällt ein Mann auf, der es offen und ehrlich meint. Aber bevor ich weiter mit Ihnen rede, Mr. Morlay, möchte ich Ihnen erklären, dass ich nicht in einer Angelegenheit meines Ordens zu Ihnen gekommen bin, sondern in einer rein persönlichen Sache. Ich unterhielt mich gestern mit einem Bekannten, und der sagte mir, dass ich mich an Sie wenden sollte, da Sie mir sicher den besten Rat geben könnten."

„Ich habe niemals erwartet, einen Franziskaner unter meinen Kunden zu finden", sagte John lächelnd.

Einen Augenblick schwieg der Pater, dann stellte er eine Frage, die John Morlay aufs höchste überraschte.

„Kennen Sie die Gräfin Marie Fioli?"

„Ja, sogar sehr gut."

„Kennen Sie auch Mrs. Carawood, ihre Erzieherin?"

John nickte und wunderte sich noch mehr.

Pater Benito dachte eine Weile nach.

„Es handelt sich um eine sehr diskrete Angelegenheit. Ich stehe zwar in der Welt, gehöre ihr aber nicht an. Dinge, die für einen gewöhnlichen Menschen von höchster Wichtigkeit sind, haben für mich kein Interesse. Trotzdem entbinden mich meine kirchlichen Gelübde nicht von gewissen Verpflichtungen der Gesellschaft gegenüber. Ich bin besorgt, ja ich möchte sagen bestürzt, und zwar mehr, als ich es für möglich hielt ..."

„Bezieht sich das auf die Gräfin?"

„Ja, in gewisser Weise", entgegnete Pater Benito nach einer kurzen Pause und erzählte dann John Morlay eine längere Geschichte, die diesen maßlos verblüffte, ja erschreckte.

„Ist das Ihr Ernst?"

Pater Benito nickte.

„Es klingt unmöglich! Und doch muss ich Ihnen die Geschichte glauben."

Pater Benito setzte sich nun doch und sprach eine halbe Stunde lang auf John Morlay ein. Schließlich war die Unterredung zu Ende, und John begleitete seinen Besucher bis zur Tür.

„Ich lege die Untersuchung der Angelegenheit vollkommen in Ihre Hände", sagte der Pater, als er sich verabschiedete. „Und ich bin froh, dass ich es Ihnen gesagt habe, um so mehr, als ich fühle, dass die Interessen des jungen Mädchens in jeder Weise von Ihnen gewahrt werden. Das wäre nämlich meine größte Sorge."

Den ganzen Nachmittag dachte John Morlay über das neue Problem nach. Endlich kam er zu dem Entschluss, Marie unter allen Umständen zu retten, was auch sonst geschehen mochte.

Er war noch tief in Gedanken versunken, als das Telefon klingelte und eine muntere Stimme ihn anrief.

„Nun, mein lieber Schutzengel? Ich möchte Sie bitten, mich zum Tee einzuladen."

Er eilte die Treppe hinunter, um ihrer Aufforderung zu folgen.

18

Mr. Fenner fühlte sich nicht recht wohl. Eines Nachmittags sprach er in dem Laden in der Penton Street vor und erzählte, dass es seinem Arbeitsherrn nicht gut gehe. In den letzten Tagen waren die Kräfte des Mannes mehr und mehr geschwunden, aber trotzdem besaß er noch einen gewaltigen Lebenswillen und verhältnismäßig viel Ausdauer und Kraft.

„Alles im Leben erreicht seinen Höhepunkt und kommt zu einem Ende", erklärte Mr. Fenner düster. „Wenn der alte Mann stirbt, muss ich mir eine neue Stelle suchen. Ich könnte es nicht übers Herz bringen, länger in dem Geschäft zu arbeiten, wenn er das Zeitliche segnet. Das Leben ist augenblicklich sehr hart für mich, Herman", sagte er und nahm auf einem Stuhl Platz.

„Hier haben Sie ein Kissen, dann sitzen Sie weicher", erwiderte der junge Mann, der Mitleid mit ihm hatte.

Mr. Fenner betrachtete sich in dem großen Spiegel, dem er gegenübersaß.

„Herman, halten Sie mich eigentlich für einen hübschen Mann?" fragte er dann nachdenklich.

„Ich soll Ihr Aussehen beurteilen?" erwiderte Herman skeptisch.

„Ja, Sie sollen mir sagen, ob ich noch gut aussehe."

Herman sah ihn kritisch von der Seite an.

„Wollen Sie mich etwa auf den Arm nehmen?"

„Nein, ich frage ganz im Ernst", entgegnete Fenner mit rauer Stimme.

Herman schüttelte den Kopf.

„Ich weiß nicht, aber ich habe niemals gefunden, dass Sie so besonders gut aussehen – ich meine vor allem Ihr Gesicht."

„Nun, darauf kommt es gerade an", entgegnete Fenner kurz und ärgerlich. „Würden Sie dann vielleicht sagen", fuhr er jedoch in sanfterem Ton fort, „dass ich intelligent aussehe?"

„Was ist das?" fragte Herman.

„Sehe ich so aus, als ob ich sehr klug wäre?"

Herman wusste sich nicht recht zu helfen. Er sagte schließlich, dass er keine Ahnung habe, wie kluge Leute aussähen.

Es fiel Mr. Fenner schwer, seinen Missmut zu unterdrücken.

„Aber Herman, Sie haben doch schon Illustrierte angesehen. Da müssen Sie doch wissen, wie intelligente Leute aussehen."

„Ich betrachte mir nur die großen Verbrecher und Mörder, die anderen interessieren mich nicht. Mr. Fenner, wissen Sie, ich könnte tatsächlich einen Mord begehen, ob Sie es glauben oder nicht! Wenn jemand Mrs. Carawood etwas zuleide täte, würde ich ihn glatt umbringen. Und dann würde ich dabeistehen und zusehen, wie er stirbt!

Mr. Fenner lief eine Gänsehaut den Rücken hinunter.

„Wenn es darauf ankäme, würden Sie es doch nicht tun. Das dürften Sie ja auch gar nicht", sagte er, nachdem er eine Weile nachgedacht hatte. „Ich muss sagen, dass ich Mrs. Carawood auch sehr gern habe, aber ..."

„Oder wenn jemand der jungen Gräfin etwas täte. Die haben Sie doch auch sehr gern?"

Fenner musste erst überlegen. Bei dem jungen Mädchen war es doch anders: Für Marie Fioli hatte er nicht so viel übrig.

Die beiden wurden gleich darauf in ihrer Unterhaltung gestört. Die Tür öffnete sich langsam: Ein tadellos gekleideter junger Mann trat in den Laden und nickte der Verkäuferin lächelnd zu. Julian Lester war zu einem Entschluss gekommen.

Das Auftauchen Johns gefährdete seinen Plan. Wenn er sich schon vor einer Woche schnell über den Vermögensstand Maries informieren wollte, so war die Sache jetzt noch eiliger für ihn geworden. Die letzten Bemerkungen des jungen Mädchens hatten ihm gezeigt, dass John Eindruck auf sie gemacht hatte.

Kurz drauf erschien auch Mrs. Carawood im Laden; sie hatte vom Wohnzimmer aus gesehen, dass Julian aus einem Taxi stieg. Mr. Fenner beobachtete die beiden eifersüchtig.

„Wer ist denn eigentlich dieser Fatzke?" fragte er Herman aufgeregt. „Er scheint ja mit Mrs. Carawood sehr vertraut zu sein!"

Julian hatte natürlich keine Ahnung, was der Mann von ihm dachte, und nahm auch nicht die geringste Notiz von ihm. Er ging sofort auf sein Ziel los.

„Nein, Marie ist nicht hier, Mr. Lester. Sie ist mit Mr. Morlay ausgegangen."

„So?" Er strich nachdenklich den Schnurrbart. „In letzter Zeit bekomme ich sie recht wenig zu sehen."

„Sie scheinen sich ja sehr für sie zu interessieren", erwiderte Mrs. Carawood und sah ihn kühl an.

„Selbstverständlich interessiere ich mich für sie. Sie ist doch eine romantische Erscheinung."

„Ich wüsste nicht ...", begann Mrs. Carawood.

„Aber selbstverständlich ist sie romantisch", entgegnete Julian überzeugt und lauter, als notwendig gewesen wäre. „Es ist doch zum Beispiel schon romantisch, dass sie als Mitglied einer großen, altitalienischen Adelsfamilie von einer Engländerin erzogen wurde, die sowohl ihre Amme als auch ihre Pflegerin war. Wenn ich recht verstanden habe, ist sie doch seit ihrer frühesten Kindheit in Ihrer Obhut gewesen?"

„Ja, das stimmt."

„Und ihre Mutter hat Sie zu ihrer Pflegerin gemacht?"

Sie merkte, dass er aufs Ganze ging, und erschrak. Sie hatte ihn immer freundlich behandelt, in der Voraussetzung, dass er ihr helfen würde, wenn es darauf ankam. Dass er einmal die freundliche Maske fallen lassen könnte, war ihr undenkbar erschienen. Aber Julian war im Augenblick alles gleich.

„Marie hat sich in der letzten Zeit sehr merkwürdig gegen mich verhalten. Ich weiß nicht, ob man mich ins schlechte Licht bei ihr gesetzt hat oder ob etwas geschehen ist, wovon ich nichts weiß. Deshalb bin ich jetzt direkt zu Ihnen gekommen. Sind Sie nun also ihre Pflegerin oder ihr Vormund?"

Sein Ton klang unfreundlich und hart, als ob er ein Staatsanwalt wäre, der einen Angeklagten ausfragt.

„Ihre Mutter hat mich zu Ihrem Vormund gemacht", erwiderte sie langsam und entschlossen.

„Dann haben Sie doch sicher ein Dokument, ein Schriftstück darüber – und sicher hat die Gräfin auch ein Testament hinterlassen?"

Mrs. Carawood antwortete nicht.

„Sicher haben Sie doch mindestens eine Kopie von dem letzten Willen ihrer Mutter?"

„Ich habe keine Kopie", sagte sie schließlich, als sie ihre Sprache wiedergefunden hatte. „Dokumente und Papiere besitze ich nicht. Sie gab die Tochter in meine Obhut und bat mich, für sie zu sorgen, weil sie keine anderen Verwandten auf der Welt hatte."

Er bemerkte, dass sie plötzlich über die Schulter schaute. Im nächsten Augenblick eilte sie an ihm vorbei und öffnete die Tür für Marie. Das junge Mädchen lachte herzlich. John Morlay folgte ihr in den Laden. Er schien die Ursache ihrer Heiterkeit zu sein, denn er trug eine große Puppe im Arm und sagte, dass das eine weitere Zierde der Villa in Ascot sein würde.

Julian beobachtete die beiden und folgte aufmerksam ihrer Unterhaltung. Sie waren bei einem Tanztee gewesen, und Marie beteuerte, dass John ausgezeichnet tanze. Die Puppe war ihr von dem Vorstand des Klubs geschenkt worden.

Es war nicht die Gelegenheit, große Enthüllungen zu machen, und ein anderer, der nicht ein so dickes Fell gehabt hätte wie Julian Lester, würde die Auseinandersetzung sicher verschoben haben. Aber er hielt es für seine Pflicht, zu sprechen. Er glaubte, dass man schlecht über ihn geredet hatte, und machte dafür Mrs. Carawood verantwortlich. Marie trat auf ihn zu.

„Julian, ich habe Sie ja tagelang nicht gesehen!"

Sie war offen und freundlich zu ihm.

„Es scheint schon Jahre her zu sein", entgegnete er und drückte lächelnd ihre Hand. „Wo haben Sie den Ring?"

Sie warf den Kopf zurück.

„In Ascot."

„Hat er Ihnen gefallen?"

„Ich habe Ihnen doch einen Brief geschrieben und darin alles gesagt."

Julian sah auf die Puppe.

„Was würden Ihre Vorfahren zu dergleichen sagen!" meinte er ironisch zu John gewandt. „Die werden sich noch in ihren Gräbern umdrehen."

„Der letzte meiner Vorfahren wurde verbrannt, also kann er sich nicht im Grab umdrehen", entgegnete John leichthin, nahm Julian beim Arm und ging mit ihm in eine ruhige Ecke. „Vor einer Woche wollten Sie mich beauftragen, Auskünfte für Sie einzuholen. Ich sehe, dass Sie jetzt einen anderen Mann für diesen Zweck gefunden haben."

„Wie meinen Sie das?" fragte Julian und hob erstaunt die Augenbrauen.

„Gestern habe ich Sie in der Oxford Street gesehen. Sie sprachen mit dem Privatdetektiv Martin."

Julian Lester lachte.

„Aber John, Sie sind ja wirklich ein guter Detektiv!"

„Ich möchte Ihnen nur eins sagen", erklärte John und wählte sorgsam die Worte. „Mir scheint Ihr Interesse für Mrs. Carawood und Marie doch die Grenzen des Anstands zu –"

Julian unterbrach ihn. „Zu überschreiten? Sie halten das für unverschämt?"

„Nein, so harte Worte wollte ich nicht gebrauchen. Ich bin immer etwas geradeheraus und sage den Leuten genau, was ich denke. Was wollen Sie denn eigentlich herausbekommen, wenn Sie Detektive zur Beobachtung von Mrs. Carawood engagieren?"

„Ich will ganz offen mit Ihnen sein", sagte Julian und sah sich um. Aber Marie war mit Mrs. Carawood hinter die hölzerne Trennwand getreten und konnte nicht hören, was sie sprachen. „Ich bin darauf gefasst, von dem Auskunftsbüro die Mitteilung zu bekommen, dass Mrs. Carawood um große Summen betrogen worden ist – oder dass sie selbst ein Vermögen betrügerischer Weise beiseite gebracht oder wenigstens große Teile davon unterschlagen hat. Ich habe die Register in Somerset House nach dem Testament durchsucht, aber ich konnte es nicht finden. Die Fiolis hatten einen exzentrischen Charakter, sie verloren eine große Summe bei einem Bankenzusammenbruch vor etwa fünfzig Jahren, und seit der Zeit war bekannt, dass sie allen Banken misstrauten und ihr Geld in bar aufbewahrten. Ich nehme deshalb an, dass Maries Mutter vor ihrem

Tode Mrs. Carawood eine große Summe aushändigte. Ich will durch meine Erkundigungen nur feststellen, wo dieses Geld aufbewahrt wird und wie groß das Vermögen ist. Und im Anschluss daran habe ich die Absicht, Mrs. Carawood zu zwingen, sich über ihre Funktion als Vormund auszuweisen."

John nickte nachdenklich.

„Ist das denn im Augenblick notwendig? Glauben Sie denn, dass Marie überhaupt noch einen Heiratsantrag von Ihnen annimmt, wenn Sie sich ihr jetzt erklären?"

Julian wurde durch diese Frage etwas, außer Fassung gebracht.

„Ich möchte dagegen fragen: Meinen Sie denn, dass Sie mehr Glück hätten als ich?" erwiderte er grob. „Soll die ganze Sache darauf hinauslaufen, dass Sie glauben, mich bei ihr in den Schatten gestellt zu haben? Vielleicht haben Sie mit dieser Annahme nicht unrecht, aber selbst wenn es so wäre, lasse ich mich doch von meinem Vorhaben nicht abbringen. Unter diesen Umständen könnten Sie mich als einen Mann betrachten, der kein weiteres persönliches Interesse an der Aufklärung der Verhältnisse hat, sondern auch nur für Marie arbeitet – wären Sie mit dieser Wendung einverstanden?"

John schüttelte den Kopf.

„Nein, davon bin ich nicht überzeugt." Julian lachte.

„Trotzdem werde ich im Interesse Maries handeln und deshalb mit allem Nachdruck darauf dringen, die Wahrheit herauszubekommen."

„Und wie wollen Sie denn die Wahrheit herausbringen?"

Herman kam in dem Augenblick mit einem großen schwarzen Holzkasten in den Laden und setzte ihn auf den Tisch. Julian war sprachlos, denn er erkannte ihn nach der Beschreibung, vor allem an den beiden Schlössern.

19

Marie winkte den beiden. „Kommen Sie doch her. Nanny will uns allen zeigen, wie ich aussah, als ich klein war. Das erste Bild ist aufgenommen worden, als ich erst so groß war." Sie zeigte die Höhe mit der Hand.

Mrs. Carawood sagte etwas, aber es klang so undeutlich, dass niemand es verstehen konnte.

Als sich die beiden über den offenen Kasten beugten, fühlte John Morlay, dass sein Herz schneller schlug.

Er nahm das Foto, das Mrs. Carawood ihm reichte, und sah ein hübsches Baby darauf. Allem Anschein nach war es Marie.

„Sehen Sie, so sah sie mit vier Jahren und so mit dreizehn aus." Sie reichte ihm die drei Bilder zu gleicher Zeit.

Julian beobachtete die Frau scharf und ließ sie keine Sekunde aus den Augen.

„Einen Moment, Mrs. Carawood", unterbrach er sie.

John wandte sich um, als er die Stimme des anderen hörte, die merkwürdig hart klang.

„Wollen Sie jetzt mir und John, der wahrscheinlich ein ganz besonderes Interesse daran hat, erklären, was sonst noch in diesem Kasten ist?"

Der Deckel wurde laut zugeschlagen. John Morlay sah Julian an, und ihre Blicke trafen sich.

„Es ist im Augenblick nicht die rechte Zeit zu einer solchen Auseinandersetzung."

„Verzeihen Sie, meiner Meinung nach ist es gerade der richtige Augenblick", entgegnete Julian fest. „Vor ein paar

Tagen hat einer meiner Agenten, den ich, wie ich gestehen will, besonders zu diesem Zweck engagiert habe, die alten Jahrgänge des ‚Bournemouth Herald‘ durchsucht und dabei diese Notiz gefunden, die vor achtzehn Jahren in dem Blatt stand."

Er zog seine Brieftasche, nahm einen Zeitungsausschnitt heraus und las ihn laut vor:

„‚Die kürzlich in ihrem Haus in Westgate Gardens verstorbene Gräfin Fioli soll ungewöhnlich reich gewesen sein. Seltsamerweise hatte sie kein Bankkonto. Man nimmt an, dass sie große Summen in ihrem Haus aufbewahrte. Obwohl man eifrig danach suchte, hat man aber bis jetzt nichts davon entdecken können.‘"

„Nun?" fragte John eisig. „Was soll das beweisen?"

„Das erklärt, dass Mrs. Carawood plötzlich wohlhabend wurde und eine Anzahl von Geschäften eröffnete, deren Einrichtung doch sehr viel Geld gekostet haben muss."

Mrs. Carawood wurde blass und hörte zitternd zu.

„Das ist eine infame Lüge", sagte sie heiser. „Ich habe jeden einzelnen Shilling redlich verdient."

Zuerst verstand Marie den Zusammenhang nicht, aber als sie den Sinn dieser Anklage erkannte, eilte sie an die Seite von Mrs. Carawood.

„Wie dürfen Sie so etwas behaupten!" rief sie entrüstet.

„Ich verstehe wohl, dass Sie aufgebracht sind", entgegnete Julian gelassen. „Es spricht für Ihren guten Charakter, Marie, aber es bleibt doch immer noch die Frage zu beantworten – wo ist das Geld geblieben? Und wo ist das Testament? Das heißt, wenn Ihre verstorbene Mutter ein Testament gemacht hat! Dort ist es!" sagte er dann und zeigte auf den Kasten. „Sie haben sicher eine ganze Anzahl von Dokumenten und Papieren versteckt. Zeigen Sie mir die Schriftstücke."

Mrs. Carawood schüttelte den Kopf.

„Nein, Sie sollen die Papiere nicht sehen", erklärte sie. „Auf keinen Fall werde ich das dulden!"

Die Aufregung war zu groß gewesen; Mrs. Carawood wurde ohnmächtig und sank über den schwarzen Kasten.

Mr. Julian Lester hatte schon manche kritische und schwierige Situation durchlebt, aber jetzt musste er doch alle Energie zusammennehmen, um Herr der Lage zu bleiben. John und Marie sprachen beide auf ihn ein; Herman war außer sich vor Wut, und Morlay musste dazwischentreten, um einen bösen Auftritt zu verhüten.

Die Anwesenden trennten sich darauf, jeder mit seinen Gedanken beschäftigt.

Julian glaubte, dass man ihm bitter Unrecht getan hätte und dass alle anderen sich irrten. In seiner egoistischen Weise betrachtete er sich als den Retter Maries vor den Intrigen und Gemeinheiten dieser Mrs. Carawood.

Er hielt sich für vollkommen berechtigt, diese Schlussfolgerungen aus den Tatsachen zu ziehen, und erkundigte sich bei einem Rechtsanwalt. Julian hatte viele Freunde, die ihm nützlich sein konnten. Er kannte Ärzte, die er gelegentlich um Rat fragte, ohne dass er dafür ein Honorar zu zahlen brauchte, und Juristen, von deren Wissen er kostenlos profitierte. Aber die Auskunft, die er jetzt erhielt, war nicht nach seinem Geschmack.

„Mein Lieber, Sie haben nicht das geringste Recht, derartige Forderungen zu stellen. Sie sind nicht einmal mit der jungen Dame verwandt, und wenn Sie die Sache vor Gericht bringen, werden Sie glatt mit Ihrer Klage abgewiesen, ja, der Richter wird Ihnen wahrscheinlich sagen, dass es eine Unverschämtheit ist, derartige Forderungen überhaupt zu stellen."

„Aber wenn ich nun mit ihr verlobt wäre?"

„Auch das würde Ihnen nicht das mindeste Recht zu solchen Handlungen geben. Nur wenn Sie die Dame geheiratet hätten, wäre es anders. Dann könnten Sie als Gatte Aufklärung verlangen."

Sein Freund setzte ihm noch auseinander, dass es ein sehr langwieriger und kostspieliger Prozess werden würde, wenn er unter diesen Voraussetzungen nachprüfen ließ, inwieweit Mrs. Carawood zur Führung der Vormundschaft berechtigt sei. Als er schließlich noch ungefähr die Summen nannte, die ein Anwalt als Vorauszahlung verlangen würde, bekam Julian doch einen heilsamen Schrecken.

„Ich würde an Ihrer Stelle die Finger von der Sache lassen. Wenn ich Ihnen einen Rat geben darf, dann nehmen Sie einen Fernkurs für Einbrecher, kaufen sich ein Stemmeisen und versuchen, inoffiziell hinter das Geheimnis zu kommen!"

20

Diese scherzhafte Bemerkung machte Eindruck auf Julian. Er dachte sofort an den alten Mann, den er in seiner Wohnung ertappt und dessen Adresse er sich notiert hatte.

Als er jedoch die verschiedenen Möglichkeiten erwog, sah er wieder davon ab. Die Sache erschien ihm zu gefährlich. Aber langsam und allmählich kam er doch wieder auf diesen Plan zurück. Er selbst wollte ja dieses waghalsige Abenteuer nicht unternehmen; er hatte gerade genug von Herman gesehen und gehört und wollte nicht riskieren, ihm in die Arme zu fallen. Aber er selbst brauchte sich diesen Unannehmlichkeiten ja auch nicht auszusetzen; er konnte doch einen anderen für sich arbeiten lassen, wie er es früher schon getan hatte. Man konnte dem Mann ja genügend Geld zahlen, so dass er schweigen würde. Er überdachte alle möglichen Folgen und Einzelheiten, und je mehr er über den Plan nachsann, desto besser gefiel er ihm.

Er schrieb eine kurze Nachricht und brachte sie selbst zur Post. Allerdings musste er mit der Gefahr rechnen, dass der Brief in falsche Hände fiel, aber auch dann konnte man ihm nichts anhaben. Mit diesem tröstlichen Gedanken wartete er auf eine Antwort.

Um neun Uhr klingelte es. Er legte die Zeitung hin, öffnete die Wohnungstür und begrüßte Mr. Smith, der an diesem Abend noch abstoßender aussah als sonst.

„Kommen Sie herein", sagte er.

Der Mann nahm die Mütze in die Hand und folgte ihm in das kleine Arbeitszimmer.

„Nehmen Sie Platz."

Julian wies ihm einen Stuhl an, der vom Schreibtisch möglichst weit entfernt stand. Es hatte fast den Anschein, als ob ihm die Atmosphäre, die dieser Mann in die Wohnung brachte, unangenehm sei.

„Nun, wie geht es Ihnen?"

„Ich bin am Verhungern", erwiderte der andere in schlechter Laune. „Man kann überhaupt keine anständige Arbeit bekommen, wenn diese Polypen immer hinter einem her sind."

„Polypen? Ach, Sie meinen die Kriminalbeamten von Scotland Yard? Werden Sie denn von denen verfolgt?"

„Ja, die schikanieren mich, wo und wann sie nur können", log Smith glatt. „Wenn man gerade eine Anstellung erhalten könnte, kommen sie dazu und erzählen dem neuen Chef, dass man ein alter Verbrecher ist, der im Zuchthaus gesessen hat. Und dann liegt man wieder auf der Straße."

Das war eines dieser Märchen, mit denen er schon klügere Leute als Julian getäuscht hatte. Aber der junge Mann kümmerte sich im Augenblick nicht darum, was Smith sagte. Er dachte nur an seinen Plan. „Ich habe eine kleine Sache für Sie."

Die Worte waren ihm entschlüpft, bevor er sich richtig darüber klar wurde, dass er damit diesem gefährlichen Mann auf Gnade und Ungnade ausgeliefert war.

Smith verzog das Gesicht.

„Leider bin ich schon zu alt und zu schwach, um schwer arbeiten zu können", protestierte er. „Ich habe die besten Jahre meines Lebens im Gefängnis verbracht, da können Sie nicht von mir erwarten –"

„Ich glaube, bei der Sache brauchen Sie sich nicht sehr anzustrengen", entgegnete Julian bedächtig. „Und die hundert Pfund, die Sie dadurch verdienen können, sind auch nicht zu verachten. Dazu kommt, dass Sie meinen Auftrag innerhalb einer Stunde erledigen können." Er sah, wie die Augen des anderen interessiert aufleuchteten.

„Vor allem muss ich betonen, dass das, was ich Ihnen sage, nichts mit mir persönlich zu tun hat. Es geschieht im Interesse eines Freundes, der von gewisser Seite erpresst werden soll."

Smith nickte.

„Ach, die haben Sie wohl in die Enge getrieben?" fragte er gespannt. „Nun, das kann jedem passieren, dass er in eine solche Patsche kommt. Ich werde Ihnen helfen, so gut ich kann."

„Ich habe Ihnen doch schon erklärt, dass es sich nicht um mich, sondern um einen guten Freund handelt. Ich weiß nicht einmal, ob alles, was er mir gesagt hat, wahr ist. Es wäre ja auch möglich, dass er sich einen Scherz mit mir macht, vielleicht ist an der ganzen Sache nichts Wahres. Eine gewisse Mrs. Carawood soll Briefe und Dokumente besitzen, die ihm wahrscheinlich schaden können. Besonders in der letzten Zeit ist die Gefahr größer geworden, da er die Absicht hat, sich zu verheiraten."

„Wo wohnt die Frau denn?"

„Penton Street siebenundvierzig. Notieren Sie sich das."

Er schob ihm Bleistift und Papier zu, und Smith schrieb mit großer Anstrengung die Adresse auf.

„Das liegt in Pimlico – ist es ein kleines Haus?"

„Es ist ein Laden, in dem man alte Kleider kaufen kann. Soviel ich erfahren habe, verwahrt sie die Schriftstücke in einem schwarzen Holzkasten, der unter ihrem Bett steht."

„Die Sache ist leicht", erwidert Smith verächtlich. „Ist ein Wachhund auf dem Grundstück? Aber schließlich kommt es darauf nicht an. Schlafen Männer im Haus?"

„Nur ein junger Mann, sonst niemand. Sie selbst … nun, ich könnte es ja so einrichten, dass sie an dem betreffenden Abend nicht zu Hause ist. Nehmen wir einmal an, Sie gehen nächsten Donnerstagabend hin. Mit dem jungen Mann werden Sie schon fertigwerden. Außerdem erinnere ich mich, dass Mrs. Carawood einmal sagte, er gehe immer sehr früh zu Bett. Er schläft in einer Kammer unterm Dach. Das Zimmer von Mrs. Carawood selbst liegt im ersten Stock, und soweit ich unterrichtet bin, ist es die Tür linker Hand, wenn Sie die Treppe hinaufkommen. Ich muss noch sagen, dass der Kasten zwei Schlösser hat –"

„Ach, reden Sie doch nicht von Schlössern!" unterbrach ihn Smith. „Damit werde ich leicht fertig. Wenn sie die Papiere in einem Safe aufbewahrt hätte, dann hätte ich vielleicht die ganze Nacht damit zu tun, aber ein Holzkasten! Was für Briefe und Schriftstücke soll ich Ihnen denn bringen?"

„Nehmen Sie alle Dokumente, die Sie finden, an sich, stecken Sie sie in eine Ledertasche, bringen Sie sie vor meine Wohnungstür und gehen Sie dann wieder fort. Ich gebe Ihnen fünfzig Pfund vorher, und fünfzig Pfund erhalten Sie, wenn Sie die Sache erfolgreich durchgeführt haben. Sie finden das Geld unter der äußeren Matte vor meiner Wohnungstür. Und hier haben Sie einen Schlüssel zum Haus. Ich warte persönlich auf Sie, und wenn Sie ohne die Papiere kommen, kriegen Sie auch kein Geld."

Smith sah ihn scharf an. „Ist die Sache nicht etwas riskant für Sie?" fragte er dann.

Julian wollte nicht daran erinnert werden. Er hatte sich schon überlegt, welches Alibi er vorbringen wollte, wenn die Sache vor die Polizei kommen sollte. Im schlimmsten Fall standen immer noch seine Aussagen gegen die des alten Zuchthäuslers, der wegen Mordes verurteilt worden war, und unter diesen Umständen war es nicht zweifelhaft, wem das Gericht Glauben schenken würde. Die Sache war das Risiko schon wert. Selbst wenn er keinen materiellen Vorteil davon haben sollte, hatte er sich doch in den Augen

Maries gerechtfertigt. „Ja, ich weiß wohl, dass ich für meinen Freund ein Risiko auf mich nehme", sagte Julian ernst. „Aber ich traue Ihnen, dass Sie mich nicht verraten werden."

Mr. Smith versicherte ihn natürlich seiner Anständigkeit.

Julian holte eine Whiskyflasche und goss dem Mann ein Glas ein. Smith taute auf, als er die Flasche sah.

„Keinen Whisky – ich trinke nur Kognak." Julian kam seinem Wunsch nach. „Ja, Sie können mir die Sache ruhig anvertrauen, ich war immer zuverlässig. Ach, wenn ich doch nur noch meine Gesundheit und Kraft von früher und ein paar gute Leute hätte, auf die ich mich verlassen könnte."

„Was würden Sie dann anfangen?" fragte Julian.

„Dann hätte ich bald ein paar hunderttausend Pfund."

„Ach was, hunderttausend Pfund! Das ist doch Unsinn!"

„Nein, wirklich nicht, es ist die reine Wahrheit. Ich weiß eine Sache, auf die manche jahrelang warten würden, aber sie haben niemals Glück, dass ihnen so etwas über den Weg läuft. Ich sage Ihnen, da könnte man ein großes Vermögen machen."

Julian bot dem Mann eine Zigarre an, aber Smith lehnte dankend ab.

„Ich habe mit dem Herzen zu tun. Vor einer Woche wäre ich beinahe erledigt gewesen, da wurde sogar ein bekannter Spezialarzt vom Westend gerufen, Sie scheinen das nicht zu glauben, aber es stimmt doch. Sie können alle Leute fragen, die in meiner Straße wohnen."

„Wer hat denn dafür bezahlt?"

Smith berichtete eine merkwürdige Geschichte. Er war am Hanover Square gewesen und hatte jemanden beobachtet – eine Frau. Nachher hatte sich dann herausgestellt, dass sie nicht die Person war, die er suchte, sondern eine Herzogin.

„Ein Detektiv hat mir das gesagt, der ein Büro in dem Haus hat – er war eigentlich kein richtiger Spürhund, nur so eine Art Privatdetektiv."

Julian richtete sich plötzlich in seinem Stuhl auf.

„Heißt er vielleicht Morlay?"

„Ja, ganz recht ... Ich sah den Namen an der Tür.

„Und was passierte dann?"

Smith erzählte weiter. Nachdem Morlay ihn verlassen hatte, blieb er selbst noch auf der Straße stehen und starrte auf den Eingang des Hauses, als plötzlich ein Auto vorfuhr. Zwei Männer stiegen aus, die einen schweren Ledersack ins Haus trugen. Sie fuhren mit dem Fahrstuhl in die Höhe, aber einen der beiden hatte er erkannt – es war Harry, der Kammerdiener.

Mit dem zusammen hatte er im Gefängnis gesessen, und zwar hatten sie benachbarte Zellen. Sie hatten auch in derselben Abteilung gearbeitet. Damals hatte ihm Harry von einer großen Sache erzählt, einem Ding, das er drehen wollte, sobald er wieder in Freiheit war. – Harry war nämlich Amerikaner und der geschickteste Bankräuber, den es auf der Welt gab.

„Als ich ihn sah, wusste ich, dass sie das Ding gedreht hatten", sagte Smith. „Das ist ihre Methode: Einige Wochen, bevor sie den Plan ausführen, mieten sie ein feines Büro, und dort leben sie, nachdem sie das Geld aus der Bank geholt haben. Und ich sage Ihnen, ich bin froh, dass Harry mich in dem Augenblick nicht erkannt hat – sonst wäre ich jetzt eine Leiche."

Julian lauschte atemlos. Smith ahnte nichts von dem Einbruch in der Westkanadischen Bank, da er keine Zeitungen las. Aber Julian wusste, dass die Diebe eine große Summe erbeutet hatten.

„Harry hat mir gesagt, man kann immer ein möbliertes Büro mit einem Safe mieten – das heißt, manchmal kaufen sie auch ein Geschäft für den Zweck, um einen anständigen Firmennamen zu haben. Das haben sie nämlich in diesem Fall getan. Und wenn dann nach einem Monat alles vorüber ist, bringen sie ihre Beute in Sicherheit. Da staunen Sie! Ja, das ist eine Sache. Die Polizei sucht sie überall, und die halten sich direkt vor ihrer Nase auf! Wenn ich noch jung wäre, würde ich das auch so machen."

Julians Gedanken wirbelten durcheinander. Er vergaß sogar den Auftrag, den er dem Mann gegeben hatte.

21

„Kann ich Sie möglichst bald treffen?"

Marie war am Apparat. John Morlay war vom Frühstückstisch aufgestanden und wunderte sich, wer ihn schon morgens um halb acht anrief. „Aber um Himmels willen, schlafen Sie denn überhaupt nicht?"

„Ich möchte mit Julian sprechen", erklärte sie.

„Sie sind aber wohl die einzige, die einen solchen Wunsch hegt. Warum zerbrechen Sie sich Ihr Köpfchen deswegen?"

„Nanny hat eine furchtbare Nacht gehabt", sagte sie mit zitternder Stimme.

Morlay vermutete richtig, dass dann auch Marie kaum geschlafen hatte.

„Aber Julian wird Ihnen doch auch nicht helfen können. Wenn es Ihnen recht ist, komme ich zu Ihnen."

„Nein, ich muss Julian sprechen", erklärte sie hartnäckig. „Ich werde dafür sorgen, dass diese infamen Verdächtigungen Nannys aufhören."

Er zögerte mit der Antwort, bis sie schließlich ungeduldig fragte, ob er noch am Apparat sei.

„Ja. Ich werde es so einrichten, dass Sie mit Julian sprechen können. Ich darf Sie aber doch begleiten?"

„Sie dürfen nur bis zu seiner Wohnung mitkommen. Ich will ihn allein sprechen", entgegnete sie zu seiner größten Überraschung.

Sie trafen sich auf der Penton Street. Mrs. Carawood hatte sich hingelegt, um etwas zu ruhen, wie ihm Marie erzählte, und er bemerkte, dass auch sie ziemlich übernächtigt aussah. Schwere Schatten lagen unter ihren Augen. Er gab ihr den Rat, noch etwas zu schlafen.

„Nein, das werde ich nicht tun. Dazu bin ich zu unruhig. Ich habe mich furchtbar über Julian geärgert", sagte sie müde. „Ich hätte ihm eigentlich eine Ohrfeige geben sollen, aber dazu war ich im Augenblick nicht imstande."

„Es war auch besser so", beruhigte er sie.

John Morlay war erstaunt, dass sie nicht entrüsteter über den Mann war, der Mrs. Carawood derartig beschimpft hatte. Im Gegenteil, sie sprach ruhig und vollkommen leidenschaftslos. „In gewisser Weise tut er mir sogar leid. Aber ich muss ihm ein für allemal klarmachen, dass er sich nicht mehr für mich und mein Vermögen interessieren soll."

„Das wird Ihnen bei Julian sehr schwer gelingen."

Sie schüttelte den Kopf.

„Das glaube ich nicht", sagte sie so selbstbewusst und zuversichtlich, dass er sie erstaunt ansah.

Während sie neben ihm im Auto saß, stellte er eine Frage. Sie schüttelte den Kopf.

„Nein, er hat mir keinen Antrag gemacht. In gewisser Weise ist er sogar sehr nett und liebenswürdig. Er hat sich sogar nicht einmal die Mühe gegeben, sein Interesse an mir zu verheimlichen, dabei hat er mir aber nicht die Hand gedrückt oder versucht, mich zu küssen oder sonst etwas zu unternehmen, wogegen Sie in Ihrer Eigenschaft als Schutzengel protestieren könnten."

Sie verabredeten, dass John draußen auf dem Treppenabsatz vor Julians Wohnung warten sollte, während sie hineinging, um mit ihm zu sprechen. Aber Julian brachte diese Pläne zum Scheitern. Als er in seinem bunten Morgenrock an der Wohnungstür erschien, gab er sich nicht damit zufrieden, sondern nötigte sie beide, näher zu treten. John war über diese Taktlosigkeit sehr betreten.

„Ich weiß wohl, ich habe mich schrecklich benommen. Es war entsetzlich von mir, aber das wollen wir jetzt vergessen. Bitte, kommen Sie doch herein. Ich werde versuchen, mein Unrecht wieder gutzumachen, soweit mir das möglich ist –"

Dann schloss er die Tür hinter ihnen.

„Wenn Sie eine Entschuldigung von mir verlangen, dann ist Ihre Forderung schon im voraus gewährt. Es war nicht richtig von mir, dass ich nach der Höhe des Vermögens fragte, aber offengestanden hat mich diese Frage um Ihretwillen sehr bewegt, und ich weiß auch jetzt noch nicht, ob Sie tatsächlich eine reiche Erbin oder das bedauerliche Opfer der Intrigen einer schlechten Frau sind."

„Das hört sich ja beinahe so an, als ob Sie hier auf der Bühne stünden und irgendeine Rolle spielten", sagte John, der trotz alledem die Kaltblütigkeit des Mannes bewunderte.

Julian führte die beiden in das gemütlich eingerichtete Wohnzimmer, wo er am Abend vorher Mr. Smith empfangen hatte. Die Fenster standen auf, und das Sonnenlicht fiel herein.

„Sie sind ja in merkwürdig guter Stimmung", meinte John.

Auch Marie machte eine derartige Bemerkung. Im stillen dachte sie aber, dass ihm nach der Unterredung mit ihr schon anders zumute sein würde.

„Warum soll ich denn nicht vergnügt sein? Das Leben liegt doch noch vor mir! Können Sie mir übrigens sagen, John, ob in Ihrem Bürohaus irgendwelche Räume leer stehen?"

Diese Frage überraschte Morlay.

„Wollen Sie denn ein Geschäft aufmachen?"

„Ich möchte einen ruhigen Platz mieten, wo ich mein Buch fertigschreiben kann", erklärte Julian.

„Vor ein paar Monaten hätten Sie noch Büroräume in der zweiten Etage haben können. Das Büro wurde von einer Gesellschaft gemietet, die meines Wissens jetzt bankrottgegangen ist. Die Leute haben sie weitervermietet –"

„Kann ich Sie einmal allein sprechen, Julian?" unterbrach Marie diese lebhafte geschäftliche Unterhaltung.

„Aber gewiss", erwiderte Julian und öffnete die Tür des kleinen Speisezimmers. „Morlay, Sie werden sicher ein paar Bücher finden, die Sie interessieren. Außerdem ist die Tür ja nicht zugeschlossen. Wenn Sie Hilfeschreie hören, können Sie also schnell ins Zimmer stürzen und Gräfin Marie wie ein Held retten."

„Es tut mir unendlich leid, Marie", sagte er, als die beiden allein waren. „Ich habe einen großen Fehler gemacht, und ich verspreche Ihnen, dass es nicht wieder vorkommen soll. Ich werde mich bessern. Aber wenn ich meine Behauptungen beweisen kann, wenn Sie tatsächlich um Ihr Vermögen gebracht worden sind –"

„Sie werden sich um diese Sache nicht mehr kümmern. Und wenn Sie noch dabei sind, Nachforschungen anzustellen, so wird das sofort aufhören", erklärte sie ruhig.

Julian lächelte.

„Ich habe doch aber Ihre Interessen wahrzunehmen –"

„Kümmern Sie sich gefälligst um Ihre eigenen Angelegenheiten." Sie nahm ein kleines rotes Lederetui aus ihrer Handtasche und reichte es ihm.

Er runzelte die Stirn, betrachtete es und öffnete es dann.

„Das ist ja der Ring, den ich Ihnen geschenkt habe. Wollen Sie ihn mir zurückgeben?"

Sie nickte.

„Das ist aber sehr unfreundlich. Vermutlich hat das alte Weib –"

„Ich dulde nicht, dass Sie Mrs. Carawood ein altes Weib nennen. Sie werden sehr höflich sein, was sie betrifft.

Auf keinen Fall bekommen Sie sie wieder zu sehen, und Ihre Detektive werden keine weiteren Nachforschungen anstellen. Mich werden Sie auch nicht wiedersehen, und wenn Sie meinem Rat folgen, verlassen Sie in allernächster Zukunft das Land."

Er betrachtete sie durch halbgeschlossene Augenlider, denn er hatte den drohenden Unterton ihrer Stimme wohl gehört.

„Warum sagen Sie mir das alles?"

„Als Sie mir den Ring gaben, sagten Sie doch, ich sollte ihn erst am Morgen betrachten. Ich war aber neugierig, öffnete das Kästchen schon am Abend und – fand einen anderen Ring darin. Es war nicht der, den ich Ihnen zurückgegeben habe."

Das Reden fiel ihr im Augenblick schwer. Sie erwartete, dass er heftig protestieren würde, aber er schwieg.

„Der Ring, den ich an dem Abend sah, hatte einen langen, rechteckigen Saphir, der von vier Brillantklauen gehalten wurde. Nach der Beschreibung habe ich sofort gesehen, dass es sich um den Ring handelte, der ein paar Tage vorher aus dem Juweliergeschäft von Cratcher gestohlen worden war. Sie haben einen bösen Fehler gemacht und mir das falsche Etui überreicht. Die Kästchen haben dieselbe Größe und sind auch beide mit rotem Maroquinleder bezogen. Als Sie dann in die Stadt zurückfuhren, entdeckten Sie Ihren Irrtum und kehrten deshalb nach Ascot zurück. Sie nahmen nachts den Saphirring von meinem Frisiertisch und schickten mir am nächsten Tag per Post den Ring mit dem Rubin zu, den Sie vorher für mich bestimmt hatten."

Julian sprach nicht, sein Gesicht glich einer Maske. Er errötete nicht einmal, sondern presste nur die Lippen etwas mehr als sonst zusammen.

„Deshalb sage ich, Sie müssen England verlassen. Es ist vielleicht nicht recht, was ich tue; ich müsste wahrscheinlich zur Polizei gehen und der Behörde mitteilen, was ich herausgefunden habe!"

„Werden Sie das tun?" Seine Worte klangen hart wie Stahl.

Sie schüttelte den Kopf.

„Nein. Ich weiß nicht, wie es kommt, dass Sie ein solches Doppelleben führen, aber es ist nicht meine Sache, Sie zu verurteilen."

„Weiß Morlay davon?"

„Natürlich weiß er das nicht", entgegnete sie zornig. „Er würde nicht so ruhig bleiben, wie ich es jetzt bin."

Julian holte tief Atem.

„Ich danke Ihnen", sagte er schlicht. „Ich werde alles tun, was Sie gesagt haben, aber es dauert wahrscheinlich noch ein oder zwei Wochen, bis ich alles soweit abgewickelt habe, dass ich abreisen kann. Ich muss eine ganze Menge von Geschäften liquidieren."

Sie reichte ihm die Hand, und er drückte sie.

„Es wäre möglich, dass ich Sie noch einmal sehen muss. Seien Sie nicht ungehalten, wenn ich noch einmal einen Besuch machen sollte. Aber ich verspreche Ihnen im Voraus, dass ich Ihnen keine Ungelegenheiten bereiten werde – ebenso wenig Mrs. Carawood."

Als die beiden gegangen waren, fiel ihm plötzlich ein, dass er Mr. Smith einen Auftrag gegeben hatte, der in offensichtlichem Widerspruch zu seinem Versprechen stand.

Den ganzen Tag versuchte er, mit Smith in Verbindung zu kommen. Dann kam ihm plötzlich der Gedanke, dass er schließlich doch seinen Plan ausführen könnte. Er war zu neugierig, was der Inhalt des schwarzen Kastens sein mochte.

In der Zwischenzeit hatte er sehr viel zu tun. Er stellte die Büroräume fest, die Harry, der Kammerdiener, gemietet hatte, und fuhr nach Balham, um den früheren Inhaber zu sprechen. Es war ein armer Erfinder, der mit großen Hoffnungen eine Firma gegründet hatte, im Laufe der Monate aber einsehen musste, dass er die Räume nicht halten konnte. Schließlich hatte er sie einem liebenswürdigen Amerikaner zur Verfügung gestellt, der nicht nur die Büros, sondern auch die Einrichtung mietete.

„Ich habe die Möbel nicht verkauft, weil ich immer noch hoffte, von neuem beginnen zu können, aber jetzt sind so traurige Verhältnisse eingetreten, dass ich dazu gezwungen werde."

„Deswegen bin ich gerade hergekommen. Ich bin bereit, Ihnen die Möbel abzukaufen."

Nach einigem Hin und Her holte der Erfinder ein Aktenstück und alle Rechnungen und Quittungen über seine Anschaffungen. Darunter befand sich auch der Lieferschein für den Rexor-Safe. Die Nummer des Schrankes war auf dem Schriftstück vermerkt; Julian notierte sie auf seiner Manschette.

Am Nachmittag reiste er nach Sheffield und hatte dort eine Besprechung mit dem Geschäftsführer der Rexor-Company, der ein alter Freund von ihm war. Julian hatte sich schon oft mit ihm über Schlösser und Geldschränke unterhalten, ja, er hatte ihm damals sogar zugesagt, einen Artikel über seinen Besuch in der Fabrik in einer Zeitung erscheinen zu lassen, aber das hatte er natürlich später vergessen.

„Merkwürdigerweise", erklärte Julian, bevor er das Büro verließ, „habe ich neulich einen Ihrer Schränke gekauft, aber leider nur einen Schlüssel erhalten."

„Wissen Sie zufällig die Nummer?"

Als Julian Lester nach London zurückfuhr, hatte er einen Duplikatschlüssel in Besitz.

Am nächsten Tag besuchte er das Haus, um sich persönlich zu orientieren. Die beiden Leute, die das Büro gemietet hatten, kamen morgens um neun. Sie sahen sehr respektabel aus und trugen große Hornbrillen. Auch erschienen sie nicht zusammen, sondern tauchten aus verschiedenen Richtungen auf. In dem Haus erzählte man sich, dass sie im Begriff wären, mehrere Konfitürengeschäfte zu gründen. Große Mengen von Süßigkeiten wurden abgeliefert und in ihrem Büro verstaut.

In der Hinterstraße lag ein Nebengebäude, das man leicht von einem Balkon aus erreichen konnte ... Ein weit vorstehendes Geländer erleichterte die Absicht ... Nach allem, was er sah, musste es nicht schwer sein. Nur schade, dass die Nächte so kurz waren.

Julian mietete sich eine Garage in derselben Hinterstraße. Der Eigentümer verlangte eine hohe Anzahlung, aber Mr. Lester machte nicht die geringsten Schwierigkeiten, zahlte gern, kam kurz darauf mit einem eleganten Sportwagen zurück und abonnierte bei der nahen Tankstelle, dass der Wagen regelmäßig dort gereinigt werden sollte.

Er sah die beiden Leute, als sie am Abend das Büro verließen, und fragte sich, wer von beiden wohl Harry der Kammerdiener sein mochte. Soweit er sich besinnen konnte, gab es diesen Spitznamen schon seit langem in der Unterwelt, und darüber wunderte er sich. Wahrscheinlich gab es einen wirklichen Harry, der ein verflucht scharfer Junge sein musste; einer dieser Leute hier bediente sich wahrscheinlich des Namens nur aus reiner Eitelkeit.

Die Zeitungen schrieben sehr viel über den Einbruch in der Westkanadischen Bank. Zwei verdächtige Leute wurden in Southampton verhaftet. Julian wünschte, dass die Polizei weiterhin solche Fehler machte. Die Beute, die den Räubern in die Hände gefallen war, betrug etwa hundertachtzigtausend Pfund. Privat hatte er sich davon überzeugt, dass in den Bekanntmachungen der Polizei die

Nummern der Banknoten nicht aufgeführt worden waren. Man hatte sich darauf beschränkt, die Anzahl und Höhe der gestohlenen Werte anzugeben. Aus den Zeitungen ersah er, dass Inspektor Peas die Bearbeitung des Falles in Händen hatte; er gab sich die allergrößte Mühe, das Verbrechen aufzuklären. John traf ihn zufällig und erfuhr, wie die Sache vor sich gegangen war. Ein Nachtwächter war in Verdacht geraten, der seit dem Diebstahl verschwunden war.

„Es müssen amerikanische Verbrecher gewesen sein, und wenn ich mich nicht sehr täusche, ist Harry der Kammerdiener daran beteiligt", sagte Peas. „Zur Zeit ist er nicht in Frankreich – seine Bekannten erklären hartnäckig, er sei nach Berlin gefahren. Das heißt so viel, dass er sich in London aufhält. Wenn diese Galgenvögel mit dem Geld entkommen, habe ich meinen Beruf verfehlt und reiche meine Kündigung ein. Ich glaube, wenn die gewusst hätten, dass ich den Fall untersuche, wäre es nicht zu dem Einbruch gekommen. Wie geht es eigentlich Mrs. Carawood? War sie vor kurzem in Rotherhithe? Und wie geht es denn dem armen Mr. Hoad?"

„Wer, zum Teufel, ist denn Hoad?"

„Er nennt sich zur Zeit nicht Mr. Hoad, sondern manchmal Smith, manchmal Salter. Er hatte einen Anfall von Herzschwäche an dem Abend, als wir nach Rotherhithe gingen. Und jemand hat so viel Geld gehabt, den teuersten Spezialisten für ihn zu bezahlen."

„Meinen Sie Mrs. Carawood?"

Peas nickte.

„Ja! Wahrscheinlich ist er mit ihr verwandt, aber sie wollte nicht haben, dass er erfährt, wie gut es ihr geht. Deshalb hat sie sich damals diese Lumpen angezogen. Solche Geheimnisse sind sehr bald enthüllt, wenn sich ein erstklassiger Beamter damit beschäftigt."

„Wie steht es dann mit dem Einbruch in der Westkanadischen Bank?" fragte John boshaft.

„Das ist auch kein Geheimnis", entgegnete Peas ruhig. „Das ist einfach ein Einbruch unter Anwendung von Gewalt."

22

Die Tage, die auf die Unterredung mit Julian folgten, waren für Marie Fioli sehr glücklich. Das Leben erschien ihr schöner als jemals; die Schule in Cheltenham lag jetzt viele tausend Meilen für sie entfernt. Marie lebte in einem ganz neuen Kreis, mit anderen Menschen. Als sie einmal mit John zusammen war, versuchte er, die Unterhaltung auf Mrs. Carawood zu bringen.

„O ja, sie ist tatsächlich romantisch, aber ich kann es nicht übers Herz bringen, darüber zu lachen. Wissen Sie, John, ich glaube oft, dass Nanny ein großes Vergnügen darin findet, wenn sie Mylady zu mir sagen kann. Und sie ist so praktisch und geschäftstüchtig auf ihre Weise."

Mrs. Carawood war wirklich eine eigenartige Persönlichkeit. Er hatte noch nie eine solche Frau kennengelernt. Eigentlich führte sie ein Doppelleben. Marie und alles, was zu dem jungen Mädchen gehörte, repräsentierte die eine, die schöne und romantische Seite. Die andere war ihr Geschäft.

„Sie hat mir neulich erzählt, dass sie von Kindheit an diese romantischen Geschichten von Herzoginnen und Prinzen schätzte. Sie liebte Erzählungen, die in großen Marmorpalästen und in fürstlichen Residenzen spielten. Niemals las sie ein Buch, in dem nicht mindestens ein Lord oder eine Baronin vorkam."

Als sie eines Nachmittags Queens Hall besuchten, erzählte ihm Marie von einem seltsamen Besucher, der am Vormittag in den Laden gekommen war.

„Kennen Sie einen Pater Benito?" fragte sie. „Er sieht wunderbar aus, hat einen langwallenden, grauen Bart und trägt eine richtige Mönchskutte."

„Ja, ich kenne ihn", sagte John schnell. „Was wollte er denn?"

„Er wollte Mrs. Carawood sprechen und sagte, dass er ein Kleid für seine Nichte kaufen müsse. Aber ich glaube, das war nur ein Vorwand; sicher kam er aus einem anderen Grund in den Laden."

„Haben Sie mit ihm gesprochen?" fragte John ängstlich. Sie nickte.

„Ja, Mrs. Carawood holte mich aus der Wohnung, damit ich ihn begrüßen sollte. Er sagte, er habe von mir gehört. Es ist direkt rührend, wieviel er für die Armen in unserem Stadtteil tut."

„Was hat er denn sonst noch gesagt?"

„Nichts Wichtiges. Die gute, arme Nanny schien ganz nervös und aufgeregt zu sein, weil uns der Pater besuchte. Als er wegging, atmete sie jedenfalls erleichtert auf."

John konnte sich wohl denken, aus welchem Grund Pater Benito in den Laden gekommen war. Auch er fühlte sich beruhigt, als er hörte, dass der Besuch so verlaufen war. Dass John beobachtet wurde, konnte er natürlich nicht ahnen.

In diesen Tagen kam der Privatdetektiv Martin zu Julian, wurde aber ziemlich kühl empfangen.

„Haben Sie auch Morlay engagiert, dass er Ihnen Informationen über Mrs. Carawood beschaffen soll?" war die erste Frage, die er Julian stellte. „Wenn Sie es nicht getan haben, dann möchte ich Ihnen nur sagen, dass er auf eigene Faust Erkundigungen einzieht."

„Wie meinen Sie das?"

Martin war am Morgen in der großen Registratur von Somerset House gewesen und hatte einen der tüchtigsten Leute von Morlay dort getroffen.

„Es ist der beste Mitarbeiter Morlays; soviel ich feststellen konnte, hat er sich auch nach dem Testament der verstorbenen Gräfin Fioli erkundigt."

„Aber in ganz Somerset House findet sich keine Abschrift und auch kein Hinweis auf dieses Dokument."

„Ich weiß es. Das wird der Mann auch festgestellt haben." John Morlay interessierte sich also auch für das Vermögen Maries! Vielleicht brauchte auch er Geld. Julian lächelte im stillen.

Mrs. Carawood senkte ihr Buch. Nur das Ticken der Uhr auf dem Kamin war zu hören.

„Ich habe mich schon oft gefragt, wie Ihr Mann wohl gewesen sein mag", sagte Herman unvermittelt.

„Mein Mann?"

„War er auch so romantisch wie Sie?"

„Nein", erwiderte sie langsam. „Aber ich glaube, ich bin durch ihn romantisch geworden."

Sie dachte noch über diese Worte nach, und Herman wagte nicht, sie dabei zu stören.

„Das Leben ist nicht leicht, Herman", sagte sie nach einiger Zeit.

„Für mich war es auch sehr schwer, bis ich zu Ihnen kam. Aber ich glaube, dass Sie sich sehr einsam gefühlt haben, als Ihr Mann starb."

Sie lächelte.

„Ja, ich habe ihn vermisst. Es entsteht auf die eine oder andere Weise doch eine Lücke, wenn jemand stirbt, Herman", fuhr sie fort, aber dann änderte sie das Thema. „Sie sehen heute Abend müde aus, Sie müssen früh zu Bett gehen."

Er schaute sie an wie ein treuer Hund, dann dachte er darüber nach, wie schön es war, dass sich jemand um ihn kümmerte und bemerkte, dass er müde war. Es war seltsam wohltuend, dass Mrs. Carawood auch an ihn dachte.

„Manchmal sind Sie wirklich merkwürdig", meinte er.

„Wieso bin ich merkwürdig?"

„Sie sind so lieb und gut ... Wissen Sie, ich würde alles für Sie tun." Es fiel ihm schwer, das zu sagen; es zu denken, war viel leichter.

„Wenn Sie es wollen; springe ich vom Dach herunter; ich würde jemanden ermorden für Sie ..."

„Aber Herman!" Ihre Stimme klang scharf. „Man sollte fast denken, Sie wären betrunken, wenn Sie solchen Unsinn reden! Was fällt Ihnen denn ein, dass Sie jemanden ermorden wollen? Sie haben doch andere, friedlichere Beschäftigungen. Sie sollen meine Regale abstauben und aufpassen, dass Sie kein Geschirr zerbrechen, wenn Sie abspülen. Sie haben es gar nicht nötig, jemanden umzubringen. Aber passen Sie auf, es ist jemand vorn an der Ladentür."

Es war Mr. Fenner, der feierlich eintrat. Er trug seinen schwarzen Sonntagsanzug und einen Trauerflor um den Ärmel. Die große goldene Uhrkette war sein einziges Schmuckstück. Er setzte sich hin, ohne dazu aufgefordert worden zu sein; alle seine Bewegungen waren würdevoll und gemessen.

„Ich hatte Sie heute Abend kaum erwartet, Fenner. Sind Sie schon so bald von der Beerdigung zurückgekommen?"

„Sie wollen wohl ein wenig aufgeheitert werden?" bemerkte Herman.

Mrs. Carawood runzelte die Stirn.

„Herman, seien Sie still."

Mr. Fenner schaute eine Zeitlang nachdenklich vor sich hin, bevor er den beiden eine erstaunliche Tatsache mitteilte.

„Der alte Mann hat mir sein Geschäft vermacht."

„Mr. Fenner, ist das wahr?"

Sie konnte sich sehr gut an den etwas rauhen, aber sehr gutherzigen alten Mann erinnern, und sie konnte sich auch das ironische Lächeln vorstellen, mit dem er das Testament unterschrieben haben mochte.

„Ja, er hat es mir hinterlassen. Es ist ein nettes, kleines Geschäft, Mrs. Carawood, und man könnte den Umsatz verdoppeln und verdreifachen, wenn nur jemand etwas Kapital hineinstecken wollte."

Sie musste lächeln.

„Was haben Sie denn?" fragte er erstaunt.

„Ich freue mich für Sie! Was werden Sie unternehmen? Der alte Mann hat ja sehr viel gearbeitet ..."

„Das habe ich mir bis jetzt noch nicht überlegt. Wenn man ein eigenes Geschäft hat, bekommt alles ein anderes Aussehen ... Herman, ich möchte einmal allein mit Mrs. Carawood sprechen." Er sagte das mit so viel Wichtigkeit, dass Herman gehorsam hinausging.

Fenner richtete sich auf.

„Ist dieser fein angezogene Kerl schon wieder hier gewesen?" fragte er vertraulich.

„Nein, Marie hat Mr. Lester in seiner Wohnung besucht."

„Wenn er noch einmal herkommt, erklärte Fenner wütend, „drehe ich ihm das Genick um!"

Sie sah ihn nachdenklich an, nahm einen Strumpf von Herman und begann, ein Loch darin zu stopfen.

„Ich brauche niemanden, der mich verteidigt, Mr. Fenner. Aber wir werden Sie jetzt wohl nicht mehr so oft sehen, nachdem Sie so viel Geld geerbt haben?"

Das erleichterte ihm den Anfang seiner Rede.

„Deshalb bin ich gerade hergekommen. Ich wollte einmal mit Ihnen sprechen, Mrs. Carawood. Gestatten Sie, dass ich eine Zigarette rauche?" Er zog eine Packung aus der Tasche.

„Das sind echte türkische, die werden von den Damen im Harem des Sultans geraucht, steht vorne drauf. Ich kann diese Türken nicht verstehen. Ich brauche nur eine Frau, wenn ich die rechte bekomme."

„Das können Sie nie vorher wissen", warnte sie ihn lächelnd. „Für Sie sieht jetzt alles anders aus, wie Sie eben erwähnten. Früher haben Sie auch nie Zigaretten geraucht. Ich habe es immer so nett gefunden, wenn Sie mir mit Ihrer Pfeife gegenübersaßen. Eines Tages werde ich mich nicht weiter wundern, wenn Sie geheiratet haben. Und dann werden Sie wieder eine andere Frau haben wollen und dann noch eine – nicht wahr?"

Er legte die Zigarette sorgfältig auf den Rand des Aschenbechers und sah sie vorwurfsvoll an.

„Für mich gibt es nur eine Frau auf der Welt, Mrs. Carawood, und wenn sie meinen Antrag annehmen würde, wäre ich der glücklichste Mann auf der Welt."

„Aber Mr. Fenner, Sie wollen auch immer gleich alles haben. Es ist doch genug, dass Sie nun das nette Geschäft besitzen. Warum wollen Sie noch mehr?"

„Sie wissen ganz genau, was ich will, und ich würde alles darum geben ... Sehen Sie einmal her: Was würden Sie dazu sagen, wenn Sie so ein hübsches kleines Auto besäßen, mit dem Sie spazieren fahren könnten? Wäre das nicht ein reizender Gedanke?"

„Ich habe einen Wagen, aber ich fahre lieber im Bus!"

Er wusste, dass sie sich über ihn lustig machte, ließ sich aber nicht einschüchtern.

„Nehmen wir einmal an, Sie hätten ein hübsches Auto und eine Villa. Und wie wäre es, wenn wir die Flitterwochen in Paris verbrächten, Mrs. Carawood?"

Sie betrachtete ihn belustigt. Aber dann machte sie sich selbst Vorwürfe, denn sie erinnerte sich daran, dass sie vor einigen Tagen noch gehofft hatte, im schlimmsten Fall bei ihm Zuflucht zu finden. Einer Antwort wurde sie enthoben, denn Marie kam die Treppe herunter, und vor dem Geschäft hielt ein Auto an. Es sah fast aus, als ob Marie oben auf John Morlays Ankunft gewartet hätte.

Sie begrüßte Fenner, der mit allem Anstand eine türkische Zigarette rauchte und sich beinahe vorkam wie ein Sultan.

„John, ich habe Ihnen schon von Mr. Fenner erzählt."

„Natürlich! Sie sind doch Schreiner, nicht wahr?"

Fenner räusperte sich.

„Nun, ich bin nicht nur das, ich bin Schreinermeister, wenn ich so sagen darf."

„Hören Sie doch nur, wie er angibt!" rief Mrs. Carawood. Sie hielt zärtlich Maries Hand.

„Hast du etwas Angenehmes vor?" fragte sie.

„Ja. Zum Wochenende fahren wir aber doch nach Ascot?"

Mrs. Carawood nickte.

John beobachtete die beiden scharf und hatte den Eindruck, dass Pater Benito recht haben musste.

Marie fing seinen Blick auf; sie war bereit zu gehen.

„Ich muss jetzt wieder in mein Geschäft, Mrs. Carawood", sagte Fenner und reichte ihr die Hand. Früher hatte er das nicht getan.

John bot ihm einen Platz in seinem Wagen an, aber das lehnte er ab.

„Nein, das ist nicht nötig, ich kann mir ja ein Taxi nehmen."

Er sah sich halb um, welchen Eindruck das auf Mrs. Carawood machte, aber sie schien es gar nicht gehört zu haben.

Sie trat auf die Straße hinaus und sah dem Wagen mit Marie und Mr. Morlay nach, dann schloss sie die Ladentür.

„Wir wollen Licht machen", sagte sie. „Es wird dunkel. Ich fürchte, wir bekommen ein Gewitter."

„Haben Sie gehört, was Fenner sagte, Mrs. Carawood", fragte Herman, als er das Licht andrehte. „Wie fein der auf einmal geworden ist. Taxi will er fahren! Aber ich bin wirklich müde heute Abend", gähnte er. „Vorige Nacht war es so heiß wie in einem Ofen, und heute ist es ebenso."

„Es wird schon kühler werden, wenn das Gewitter vorbei ist. Also, gehen Sie jetzt ins Bett, Herman."

„Gute Nacht, Mrs. Carawood."

23

Es dauerte einige Zeit, bis sie die Feder aufnahm und Eintragungen in das Geschäftsbuch machte, das vor ihr lag. Sie blätterte um, bis sie an die Stelle kam, wo sie ihre persönlichen Ausgaben einschrieb. Die Aufwendungen für Marie wurden in ein anderes Buch eingetragen.

Sie schaute erst wieder auf, als sie ein schwaches Geräusch hörte, und sah zur Tür, die zum Gang führte. Vermutlich war Herman noch einmal heruntergekommen. Die Tür blieb jedoch geschlossen, und Mrs. Carawood wandte sich wieder ihrem Buch zu.

Es war vollkommen ruhig in dem Zimmer, deshalb schrak sie heftig zusammen, als eine Diele im Gang draußen knarrte.

Einige Sekunden herrschte tiefe Stille, dann wiederholte sich dieses Geräusch. Sie erhob sich zitternd, und ihre Augen wurden größer und größer, als sie sah, dass sich die Tür langsam öffnete.

„Herman!" rief sie scharf. „Machen Sie doch keinen solchen Unsinn und erschrecken Sie mich nicht so!"

Die Tür ging weiter auf, und dann zeigte sich ein Mann mit bleichem, ungesundem Gesicht. Seine Augen flackerten unheimlich, seine Backenknochen traten scharf hervor. Trotz der drückenden Hitze hatte er die Mütze tief ins Gesicht gezogen und den Rock bis oben zugeknöpft.

Sie öffnete den Mund und rang verzweifelt nach Atem.

„Joe!" stieß sie heiser hervor. „Um Himmels willen, Joe!"

Der Mann starrte sie an. Er hatte nicht erwartet, diese Frau hier zu sehen, und auch er schrak im ersten Augenblick zusammen. Aber dann trat er entschlossen ins Zimmer und machte die Tür zu. Wie eine Geistererscheinung stand er vor ihr, ein hässliches Grinsen verzerrte seine Züge.

„Was, du ... verdammt noch mal!"

Sie fühlte ein Würgen in der Kehle und konnte nicht sprechen.

„Du dachtest wohl, ich wäre verreckt? Gehofft hast du natürlich, dass ich nicht mehr aufstehen würde! Warum bist du denn in so zerrissenen Kleidern zu mir gekommen? Wolltest mir wohl weismachen, dass du kein Geld hättest! Also du bist Mrs. Carawood!"

Sie nickte. Leise begann sie zu reden.

„Du hast aber doch regelmäßig von mir Geld erhalten. Ich habe es immer ans Gefängnis nach Broadmoor geschickt und nachher an die andere Adresse. Woher wusstest du, dass ich hier wohne? Ich dachte ..."

Sie zitterte an allen Gliedern und lehnte sich an den Tisch, um nicht umzusinken.

„Ja, ich kenne dich, und ich weiß von früher her, was du denkst! Du glaubst, ich würde dort in dem Haus in Rotherhithe bleiben, bis man mich auf den Kirchhof hinaustrüge! Aber ich sterbe nicht so bald! Jetzt bin ich nach Hause gekommen – jetzt bin ich wieder daheim bei meiner Frau, die mich so liebt!" Seine Stimme klang beißend höhnisch.

Sie starrte ihn an wie vom Schlage gerührt. Vergeblich versuchte sie, sich zu fassen. Plötzlich wurde ihr klar, was das alles zu bedeuten hatte – neunzehn Jahre hatte sie unentwegt gearbeitet, neunzehn Jahre hatte sie träumen dürfen. Sie hatte sich ihr eigenes Glück aufgebaut, die hässliche Vergangenheit begraben, und nun brach alles in einem einzigen kurzen Augenblick zusammen. Ihre Träume vom Glück wurden in den Schmutz gezerrt, und alle ihre Anstrengungen, sich emporzuarbeiten, waren umsonst gewesen!

Sie schluchzte auf, sank auf den Stuhl und bedeckte die Augen mit den Händen, als ob sie ihn nicht sehen wollte.

„Ach, wie schrecklich!" stieß sie mühsam hervor.

„Ach, wie schrecklich!" äffte er ihre Worte nach und drehte sich dann um, als er auf der Straße schwere Schritte hörte. Der Schatten eines Helms fiel von draußen auf den Fenstervorhang. „Einer von der Polente!" zischte er.

Sie sah auf, eine wilde Hoffnung riss sie aus ihrer Gefühllosigkeit. „Joe, du wirst doch nicht von der Polizei gesucht?" rief sie.

In diesem Augenblick hatte sie kein Erbarmen mit ihm, sie dachte nur an all die Schrecken, an all die Erniedrigung, an die Hässlichkeit, die seine Rückkehr wieder in ihr Leben brachte. Wie hatte sie früher, als sie noch mit ihm zusammenlebte, von einer Wohnung zur anderen fliehen müssen! Überall musste sie sich verbergen, sie war seine Sklavin gewesen, ohne dass er es ihr gedankt hätte. Dann war sie ihm entkommen, weil er zu lebenslänglichem Zuchthaus verurteilt wurde, und hatte glücklich die Jahre der Freiheit verlebt, die doppelt froh und angenehm waren nach all dem Elend, das sie vorher durchgemacht hatte. Und wenn es das Los der Menschen war, zu leiden, hatte sie nicht genug gelitten? Sie eilte zur Tür.

„Nein, die Polizei ist nicht hinter mir her", sagte er heiser. „Ich bin aus dem Gefängnis entlassen worden, nachdem ich den letzten Tag und die letzte Stunde meiner Strafe abgesessen habe. Lauf doch hin und schrei hinter dem Schutzmann her, wenn es dir Spaß macht. Meine Papiere sind in Ordnung, ich bin entlassen – ich bin frei wie der Vogel in der Luft!"

Dann lachte er so teuflisch, dass Mrs. Carawood das Blut in den Adern erstarrte, aber sie fühlte, dass er die Wahrheit sprach, und trat von der Tür zurück. In der Ferne verhallten die Schritte des Polizeibeamten.

„Ist er fort?" fragte er spöttisch.

Sie nickte und sank wieder in den Stuhl. In der Ferne grollte der Donner, und sie schauderte zusammen.

„Neunzehn Jahre habe ich Zeit gehabt, darüber nachzudenken", sagte er, „wie er vor mir am Boden lag und der Mond in sein bleiches, blutiges Gesicht schien." Seine Finger krampften sich zusammen, obwohl er sich dieser Bluttat rühmte. „Aber ich habe es dem Schwein heimgezahlt! Warum musste dieser Kerl mich auch stören? Es war doch nicht sein Geld, das ich der Bank klauen wollte. Was ging den blöden Affen das an!"

„Er – er war ein Beamter, und du warst ein Dieb!"

„Ja, deswegen ist er jetzt auch tot, und ich lebe", entgegnete er brutal.

Sie rang die Hände.

„Man sollte denken, dass es dir Freude macht, dich daran zu erinnern. Sprich doch nicht davon, es wäre möglich, dass jemand es hört, wenn du es sagst, Joe!"

„Na, und wenn sie es hören? Mir kann doch keiner mehr was tun, ich habe die Strafe abgesessen!"

In dem Augenblick wurde der Raum taghell erleuchtet – ein Blitz zerriss das Gewölk. Sie sah sein kreidebleiches Gesicht in dem fahlen Licht; Wahnsinn glühte in seinen Augen.

„Hast du deinen Freunden gesagt, dass du einen so schönen Mann hast?" fragte er.

Sie schüttelte den Kopf. Sie versuchte immer wieder, ihre Gedanken zu sammeln, aber es gelang ihr nicht.

„Nein, Gott sei Dank, ich habe es überwunden. Ich habe mein eigenes Leben gelebt und mich in die Höhe gearbeitet. Andere Frauen wären wahrscheinlich daran zugrunde gegangen."

Mit unsicheren Schritten trat er auf sie zu, als ihre Stimme leiser wurde und erstarb. Dann stand er vor ihr und hob wie früher brutal die Faust. „Bring mir was zu essen!"

„Ja, ich werde etwas suchen", erwiderte sie und schwieg dann plötzlich.

Die Tür öffnete sich, und Herman trat in Hemdsärmeln herein. Die Hosenträger hingen herunter; er schien sich hastig angekleidet zu haben. Er sah verhältnismäßig harmlos aus, aber Joe war doch eingeschüchtert.

„Wer ist das?" fragte er.

„Der Junge –" begann sie.

Er sagte nichts, sondern starrte Herman nur an. Dann verzerrte sich sein Gesicht plötzlich, und er fasste mit einer Hand an die Kehle, während er mit der anderen nach der Westentasche tastete. Schließlich brachte er ein kleines Fläschchen zum Vorschein, das er hastig an die Lippen führte. Dann atmete er tief auf. Die beiden anderen beobachteten, dass er sich langsam wieder erholte.

„So, jetzt ist es besser. Ich stelle die Medizin hierher, wo ich sie immer sehen kann. Das ist das neue Mittel ... Sie gaben es mir heute Morgen im Krankenhaus ... Es ist viel besser als die alte Brühe, die ich im Gefängnis zu schlucken bekam ...!"

Er sah wieder zu Herman hinüber.

„Was ist geschehen, Mrs. Carawood?" fragte der junge Mann atemlos. Fast schien es ihm, als ob sich eine der Kriminalgeschichten, die er so gern hatte, hier vor seinen Augen abspielte.

„Mrs. Carawood!" ahmte Joe seine Stimme nach.

„So heiße ich", sagte sie, „Lass den Jungen fortgehen, bevor wir uns aussprechen. Herman, gehen Sie zu Bett. Dies ist ein Mann, den ich vor Jahren näher kannte."

Herman nahm mechanisch die kleine Flasche und stellte sie auf den Kamin.

„Aber er sieht – so sonderbar aus. Ich weiß nicht – soll ich nicht Mr. Fenner rufen?" fragte er leise, als sie nach der Tür wies.

„Nein, nein, es ist schon alles in Ordnung. Er geht gleich wieder!"

„So, ich bin also ein Mann, den du vor Jahren näher kanntest", lachte er höhnisch, als Herman gegangen war. „Und dabei bin ich dein Mann!"

Wütend schaute er sie an, während der Regen gegen die Fenster peitschte.

„Meinst du, ich wüsste es nicht?" sagte sie bitter.

„Ist das dein Junge – er nannte dich Mrs. Carawood?"

„Nein, er gehört nicht mir. Er war ein armer kleiner Knirps, als ich ihn eines Tages im Polizeigericht sah. Ich nahm ihn zu mir und zog ihn auf. Er ist so dankbar, als ob er mein eigenes Kind wäre."

„So, um den Bengel hast du dich gekümmert, aber es ist dir nicht ein einziges Mal eingefallen, mich im Gefängnis zu besuchen. Gibst du das zu?"

„Ja. Ich bin nicht zu dir gekommen."

„Ich weiß schon, was du gedacht hast. Du glaubtest, es wäre mit mir zu Ende, und darüber warst du froh. Aber du hast mich nicht zum letztenmal gesehen. Jetzt nennst du dich Mrs. Carawood. Was hat das zu bedeuten? Hast du wieder geheiratet?"

„Nein, eine Ehe war gerade genug für mich. Aber du hast recht, ich wollte nicht wieder mit dir zusammenleben."

„Was sagst du da?"

Er erhob sich drohend.

„Ich habe vor Gericht gelogen, um dich zu retten. Ich habe alles für dich getan, weil ich mit dir verheiratet war; ich habe schwere Zeiten bei dir durchgemacht und dir immer geholfen. Stets habe ich zu dir gehalten, und immer war die Polizei hinter uns her, und wir mussten von einer

Wohnung zur anderen fliehen. Und wenn ich mir etwas Geld gespart und ein paar Möbel gekauft hatte, dann hast du sie wieder versetzt ... Schließlich war ich froh, als ich nicht mehr mit dir zusammenleben musste."

„Du ..."

„Ich habe gebetet, dass sie dich henken sollten!" fuhr sie trotzig fort. „Aber ich habe ihnen nicht geholfen, dass sie dich zum Tode verurteilen konnten – trotz allem habe ich gelogen, um dein Leben zu retten. Und nun kommst du zu mir zurück!" rief sie verzweifelt.

Draußen blitzte es unaufhörlich, der Donner rollte, und ein wolkenbruchartiger Regen ging nieder.

„Jetzt verstehe ich alles", erwiderte er heiser. „Du wolltest also, dass sie mich henken sollten!" Er packte sie am Arm, und seine scharfen Fingernägel gruben sich in ihr Fleisch, so dass sie stöhnte. „Dafür sollst du mir noch büßen! Morgen fliegt das Firmenschild mit den goldenen Buchstaben herunter, und dann kommt dein richtiger Name hin – Hoad! Und jetzt scher dich fort und hol mir etwas zu essen, oder ..."

Sie dachte an die früheren Zeiten und taumelte, als sie hinausging, um etwas zu essen zu holen. Sie musste sich anstrengen, um nicht umzusinken. Wenn sie auch eine andere Frau geworden war und sich nicht mehr durch ihn einschüchtern lassen wollte, war sie doch immer noch in seiner Gewalt. Er brauchte nur auf die Straße zu gehen und die Wahrheit hinauszuschreien. Könnte sie doch nur ein paar Stunden ruhig nachdenken – sicher würde sie dann einen Ausweg finden.

„Was ist aus deinem Kind geworden?" fragte er heftig, als sie mit einem Tablett zurückkam. „Du hast doch ein Kind bekommen, nachdem ich ins Gefängnis kam?"

Sie zitterte. „Ja – es war ein kleiner Junge ..."

„Das hat man mir im Zuchthaus erzählt. Du hast wohl niemals daran gedacht, dass ich als Vater das gern wüsste?"

„Er ist doch gestorben, nachdem er kaum eine Woche alt war. Konntest du etwas anderes erwarten nach all den Sorgen und all dem Kummer, die ich durchgemacht hatte?" fragte sie atemlos.

„Ach, du und dein Kummer!"

Für den Augenblick musste sie ihn beruhigen, bis sich irgendein Ausweg zeigte. „Es tut mir leid, ich habe nur Brot und Käse im Haus, Joe, aber ich kann dir Schinken und etwas Fleisch besorgen. Sie lassen mich in der Wirtschaft drüben sicher hinten zur Küche hinein. Ich will etwas holen, wenn du es wünschst."

„Du wirst das Haus nicht verlassen", sagte er argwöhnisch. „Erlaube dir bloß keine Tricks!"

Plötzlich lachte er laut auf, als er sich daran erinnerte, dass er ein freier Mann war.

„Butter und Käse genügen mir", erklärte er und begann mit einem wahren Heißhunger zu essen.

„Ich muss dich etwas fragen –", begann er.

Aber dann fuhr er zusammen, als draußen eine Autohupe ertönte. Mrs. Carawood kannte den Ton nur zu gut. Sie sprang zur Tür und sah durch die Scheiben, gegen die der Regen mit unverminderter Gewalt schlug.

„Schnell, hinter die Holzwand, Joe!" rief sie ihm zu.

„Wer ist das?" fragte er eigensinnig. „Warum soll ich mich denn verstecken? Ich habe dir doch gesagt, dass ich ein freier Mann bin."

„Du weißt es nicht. Vielleicht sind deine Papiere doch nicht ganz in Ordnung. Nur für eine Minute ..." Sie sprach unzusammenhängend, und ihre Furcht steckte ihn an. „Joe, um Himmels willen, es ist sicherer."

Der alte Instinkt, sich immer zu verstecken, überwältigte ihn, und er verschwand.

Mrs. Carawood öffnete die Tür – es war Marie, die vom Theater zurückkehrte.

24

Ihr Herz setzte aus zu schlagen, als Marie in dem Raum hin und her ging, und als das Kleid des jungen Mädchens die Holzwand streifte, hätte die Frau beinahe laut aufgeschrien.

„Was gibt's denn?" fragte Mrs. Carawood, indem sie eine Ohnmacht niederkämpfte. „Ist etwas geschehen?"

Marie hatte ihre Handtasche hier im Zimmer liegengelassen. Das war sehr wichtig, denn die Billetts für die Nachtvorstellung lagen darin. Außerdem enthielt sie ihr Taschentuch, etwa zwanzig Pfund in Banknoten und vor allem einen Brief von John Morlay, den er ihr geschrieben hatte und den außer ihr wohl niemand verstehen konnte.

„Was ist denn das für ein Fläschchen, Nanny?" fragte sie und nahm die Medizinflasche vom Kamin.

„Stell es sofort wieder hin!" rief Mrs. Carawood. Es schien ihr furchtbar zu sein, dass Marie etwas mit den Fingern berührte, was in Joes Taschen gewesen war. „Es ist – es ist Medizin."

Gehorsam stellte Marie es hin und drehte sich überrascht um. „Bist du denn krank? Warum hast du mir das nicht gesagt?"

Mrs. Carawood war am Tisch niedergekniet. Sie hatte die kleine seidene Handtasche entdeckt, die dort am Boden lag. „Hier ist die Tasche!" sagte sie und reichte sie ihr.

Marie sah Mrs. Carawood ein wenig ängstlich an.

„Ich bin durchaus nicht krank, Marie, es ist nur die Hitze. Vielleicht wird es mir wieder besser, wenn wir in Ascot sind."

John war auch hereingekommen und sah sich ebenfalls erstaunt im Zimmer um. Irgend etwas stimmte hier nicht – was mochte es nur sein?

Mrs. Carawood sah totenbleich aus, und er entdeckte, was Marie entgangen war: die Teller und Schüsseln mit Brot und Käse, die auf dem Tisch standen.

„Ich – ich kann jetzt nicht sprechen. Ihr dürft euch nicht aufhalten, sonst wird es zu spät zur Vorstellung."

Sie wusste, dass sie eine schlechte Schauspielerin war. Außerdem hatte sie beobachtet, dass John das Geschirr gesehen hatte.

„Können wir nicht jemanden holen, der Ihnen hilft, Mrs. Carawood?" fragte Morlay. „Wir dürfen Sie in dem Zustand doch nicht allein lassen."

„Ich habe Herman hier im Haus – er ist noch nicht zu Bett gegangen", log sie.

Schließlich gelang es ihr, die beiden fortzuschicken. Mit einem Seufzer der Erleichterung wandte sie sich um, als der Wagen endlich fortfuhr und das rote Schlusslicht kleiner und kleiner wurde. Joe kam hinter der Trennungswand hervor und sah seine Frau schweigend an.

„Das waren eine Dame und ein Herr, die ab und zu in meinem Laden kaufen, Joe", erklärte sie verzweifelt.

Er ging auf sie zu und hielt ihr die Faust vors Gesicht. Seine Augen blitzten drohend.

„Belüge mich nicht!" fuhr er sie an. „Mit dem Mädchen bist du ja sehr vertraut."

Sie gab sich die größte Mühe, ruhig zu sprechen.

„Nein, ich lüge nicht, Joe. Und wenn du die ganze Wahrheit wissen willst – es ist eine Gräfin ..."

Er trat noch einen Schritt näher und riss sie hoch. Mit wütenden Blicken stierte er sie an, und ein triumphierendes Lächeln zeigte sich in seinen hässlichen Zügen. Er packte sie bei der Schulter und schüttelte sie wild hin und her.

„Soll ich dir sagen, wer diese feine junge Dame ist? Das ist unsere Tochter ...!"

Wenn er sie nicht gehalten hätte, wäre sie umgefallen.

„Sag doch nicht solchen Unsinn, Joe", sagte sie heiser.

Er schüttelte sie wieder heftig.

„Meinst du, ich hätte sie mir nicht genau angesehen?" schrie er sie an. „So hast du früher ausgesehen! Genau die Stimme hattest du. Es ist dein Lachen und deine ganze Haltung – jede Bewegung habe ich erkannt. Denkst du vielleicht, du könntest mich belügen? So habe ich während all dieser Jahre an dich gedacht, wie ich sie jetzt hier gesehen habe."

Sie riss sich von ihm los.

„Du bist wahnsinnig. Wenn du dich nicht in acht nimmst, wirst du wegen übler Nachrede wieder ins Gefängnis gesteckt. Ihre Mutter war eine Gräfin!"

„Was sagst du da? Ich wäre verrückt? Wieviel hast du an dem Schwindel verdient? Warum hast du das überhaupt getan? Das muss ja ein feiner Handel gewesen sein!"

Sie kämpfte noch verzweifelt, aber sie wusste schon, dass es vergeblich war.

„Joe, dein Verstand hat gelitten, als sie dich freigelassen haben", sagte sie atemlos. „Du musst dir diese Ideen aus dem Kopf schlagen. Es kommen Hunderte von jungen Mädchen her, die ihre Kleider hier kaufen. Du wirst doch nicht etwa behaupten, dass sie alle deine Töchter sind."

25

„Das junge Mädchen, das eben hier war, ist meine Tochter."

Joe Hoad schlug mit der Faust auf den Tisch, dass die Teller tanzten. Er war derselbe wie früher; sie erkannte ihn an diesem unglaublichen Jähzorn.

„Das ist unser Kind, und ich werde mit ihr reden. Du hast sie in Luxus erzogen, während ihr Vater im Zuchthaus saß! Und dann noch dieser junge Kerl, der hier im Laden herumtanzte! Ich könnte dir alle Knochen im Leib erschlagen, wenn ich daran denke, wieviel Geld du für das Mädchen verschwendet hast, während du mich hättest unterstützen sollen. Für mich hast du kaum ein Pfund die Woche übrig gehabt!"

Er stürmte zur Tür, aber sie eilte ihm nach und hielt ihn am Ärmel fest. Trotz allem fühlte sie Mitleid, als sie sah, dass sein Arm fast nur aus Haut und Knochen bestand. Er musste schwer krank sein. Vielleicht gelang es ihr, ihn zu beruhigen; vielleicht würde er freundlicher werden, wenn sie ihm zeigte, dass sie sich um ihn sorgte, und wenn sie ihn pflegte. Früher hatte er das nie verstanden und hatte es auch nie gewollt. Er war überrascht, als sie plötzlich in freundlichem Ton zu ihm sprach.

„Joe, wenn ich es nun zugebe – was dann?"

„Was dann, was dann?" fragte er brutal. „Ist gar nicht nötig, dass du das zugibst. Ich wusste es gleich, als ich ihr Lachen hörte. Lass mich los, du alte Hexe! Ich werde mich jetzt meiner Tochter vorstellen!"

„Sie sind doch schon fort!" schrie sie und taumelte

zurück. „Ich will dir alles sagen, Joe, du sollst alles wissen, was du willst."

„Das musst du wohl auch, du Kanaille", brummte er.

„Joe, versuche doch einmal, mich zu verstehen. Ja, es ist unser Kind. Ich habe niemals einen Jungen gehabt, nur die kleine Marie! Und als ich wusste, dass ich niederkommen sollte, fürchtete ich mich vor dem Kind – ich wollte es nicht haben. Ich dachte daran, welch schreckliches Leben ihm bevorstand. Ich hatte mich immer verstecken und fliehen müssen, immer hatten wir schwere Sorgen, nirgends waren wir sicher. Sollte das so weitergehen?"

Er brummte, aber sie erkannte, dass sein Interesse geweckt war, obwohl er sie argwöhnisch betrachtete und jedes ihrer Worte prüfte, ob sie ihn auch nicht belog.

„Ich hasste in Gedanken das Kind, bevor ich es sah – und als es dann schrie und mich ansah und so klein war, schämte ich mich, dass ich mich so gefürchtet hatte, und ich liebte es ebenso heiß, wie ich es vorher gehasst hatte. Aber ich gab mir das Versprechen, es anders zu erziehen. Es sollte nichts mit uns beiden zu tun haben."

„Und mit welchem Recht hast du das Kind dem Vater vorenthalten?"

Unheimliche Lichter flackerten in seinen Augen, und sie schrak wieder vor ihm zurück.

„Ich dachte an die Zeit, als wir heirateten und du versuchtest, ehrlich zu bleiben. Damals sagtest du mir, dass das unmöglich wäre. Erinnerst du dich noch daran? Es zog dich wieder dazu, zu stehlen und einzubrechen. Du kämpftest vergeblich dagegen, weil es dir im Blut lag. Dein Vater war im Gefängnis gestorben, und es blieb dir keine Hoffnung. Aber Joe, jetzt glaubte ich nicht mehr daran. Hättest du nie etwas von deinem Vater gewusst, dann hättest du ein ehrlicher Mensch bleiben können. Ich komme mir so seltsam vor, wenn ich daran denke, aber wir waren die ersten Wochen

in unserer Ehe glücklich, als wir noch auf dem Lande leb-
ten und du arbeitetest. Erinnerst du dich nicht mehr an das
kleine Haus in Chean, wo du die schönen Blumen den Weg
entlang pflanztest, der zu unserem Haus führte?"

Er schwieg. Ihre Worte hatten ihn herausgerissen aus
der furchtbaren Gegenwart, und plötzlich wachte in ihm
etwas auf, was verschüttet und vergessen schien.

„Aber dann kam dein Vater aus dem Gefängnis und zog
dich wieder mit sich. Und trotzdem habe ich dich geliebt ...
lange Zeit ..."

Sie glaubte, dass sie ihn gerührt hatte. Vielleicht tat es
ihm leid, dass sie ein so trauriges, hoffnungsloses Leben
hatte führen müssen, aber der Eindruck dauerte nicht
lange.

„Als du fort warst, hatte ich nur noch das Kind, das ich
lieben konnte. Du weißt, welch harte Jugend ich im Findel-
haus durchlebte. Ich habe nichts von Schönheit und Liebe
kennengelernt, und ich war hungrig nach ein wenig Glück,
nach ein wenig Romantik –"

„Ja, Romantik, das war ja immer deine Verrücktheit. Du
hast immer nur geträumt, statt etwas Ordentliches zu tun."

„Glaubst du?" fragte sie und hob stolz den Kopf.

Hier in diesem Laden hatte sie sich bewährt; hier hatte
sie gezeigt, dass sie nicht nur träumte und romantischen
Ideen nachhing. Und hatte sie nicht Marie erzogen? War
das nicht der beste Beweis für ihre Tatkraft und Energie?

Er musterte sie von Kopf bis Fuß. Eine ganz andere Frau
stand plötzlich vor ihm. Die Jahre hatten sie verändert.

„Ich entschloss mich, sie anders zu erziehen. Wenn ich
sie bei mir behalten hätte, wäre es doch eines Tages her-
ausgekommen. Es wären Fragen aufgetaucht. Entweder
musste ich dann sagen, dass sie ein uneheliches Kind war
oder dass du der Vater seist. Und ich hätte ihr alles erzählen müssen. Sie hätte versucht, ein fehlerloses Leben zu

führen, aber jedesmal, wenn diese kleinen Versuchungen an sie herangetreten wären, denen wir ja alle mehr oder weniger ausgesetzt sind, hätte sie gesagt: >Welchen Zweck hat es? Ich bin ja doch dazu geboren – mein Vater sitzt im Zuchthaus.< Und so hätte sie nicht einmal versucht, zu kämpfen –"

„Jedenfalls hast du es nicht geschickt genug angestellt. Du konntest mir nicht entgehen", knurrte er.

Verzweifelt erkannte sie, dass es ihr nicht gelungen war, ihn umzustimmen.

„Vorher hatte ich nie mit gebildeten Leuten verkehrt", fuhr sie fort, „obwohl ich im Waisenhaus eine gute Erziehung erhalten hatte. Erst als ich bei der Gräfin Fioli eine Stelle annahm, lernte ich das Leben dieser Leute kennen. Die Schönheit zog mich an, die freundliche Art, wie sie sprachen, aßen und sich bewegten – das alles machte großen Eindruck auf mich. Sie waren ja gut zu uns im Waisenhaus, aber niemals liebevoll. Und wenn ich dann an dich dachte, erinnerte ich mich, dass du niemals zärtlich und freundlich zu mir warst."

Ihre Worte klangen bitter und resigniert. Sie hatte damals im Waisenhaus vom Leben geträumt, das vor ihr lag, und als sie dann später in Stellung war, hatte sie angefangen, billige Romane zu lesen, die ihr eine schöne Welt eröffneten. Sie hatte davon geträumt, dass auch sie einmal einen Grafen oder einen Prinzen heiraten würde, und dann heiratete sie Joe Hoad, den Sohn eines Verbrechers.

„Verstehst du denn nicht, dass ich für mein Kind sorgte? Ich wollte es nicht nur von uns und unserem Unglück befreien. Ein Kind schlägt seinen Eltern nach. Wenn es sie vor sich sieht, ahmt es sie nach. Ich habe es doch hier in unserer Gegend zur Genüge gesehen. Gute Eltern haben gute Kinder. Schlechte Eltern haben schwache Kinder, die schließlich doch auf die schiefe Ebene kommen, wie zum

Beispiel Herman. Aber sie bleiben auf dem rechten Pfad, wenn man sie von allem Bösen und Schlechten fortnimmt. Ach, und ich wünschte, du hättest einmal die Gräfin Fioli kennengelernt! Wenn du gesehen hättest, wie liebevoll sie zu mir war ..."

Sie hielt inne, aber er starrte sie nur verständnislos an.

„Marie war sieben Monate alt, als ich zu der Gräfin Marie Fioli nach Bournemouth kam. Ich hatte die Kleine in Pflege gegeben, und später erzählte ich der Gräfin von ihr. Ihr eigenes Kind war gestorben, und sie grämte sich deshalb. Nach einiger Zeit erlaubte sie, dass ich Marie für einen Monat zu mir nehmen konnte. Damals lieh sie mir ihren großen, prachtvollen Kinderwagen, mit rotem Glacéleder ausgeschlagen und goldenen Kronen darauf. Ich fuhr das Kind vor dem Haus auf und ab, denn sie war gut zu mir und schickte mich an die frische Luft, obwohl sie doch selbst so krank war. Sie war erst kurze Zeit von Italien fort und kannte in England nur wenig Leute. Man redete viel über sie. Die meisten glaubten, dass die kleine Marie ihr Kind wäre. Die anderen Kindermädchen waren fest davon überzeugt; sie hätten es auch nicht verstehen können, dass eine Frau so gutherzig war, zu gestatten, dass ein Mädchen ihr eigenes Kind bei sich hatte. Dann starb sie. Sie war nicht reich, wie die Leute sagen. Sie hinterließ mir etwa hundert Pfund für die Dienste, die ich ihr geleistet hatte. Dann hatte sie noch ein Legat für die Schule in Rom ausgesetzt, in der sie erzogen worden war. Das war alles. In Bournemouth redeten die Leute damals unheimlich viel. Sie sagten, dass sie ihrem kleinen Kind ein ungeheuer großes Vermögen hinterlassen hatte. Wir zogen dann fort – Marie und ich. Und von da ab hieß das Kind – ‚Mylady'"

26

Er lachte hart auf.

„Das sieht dir wieder ähnlich! Du hast dir den Kopf mit dummen Geschichten vollgekeilt, bis du darüber den Verstand verloren hast. Aber bis jetzt hast du mir immer noch nicht erzählt, woher du das Geld hast."

Sie war müde und erschöpft.

„Ich habe das Geld bekommen wie alle ehrlichen Leute – ich habe schwer dafür arbeiten müssen. Zunächst hatte ich ein kleines Kapital, das war ein großer Vorteil. Ich fing bescheiden an; Marie gab ich zu guten Leuten in Pflege, während sie noch ganz klein war. Und nachher hatte ich Glück. Das Geschäft, das ich begann, schlug gut ein, und ich konnte etwas Geld sparen. Zeit zum Ausruhen blieb mir nie. Ich brachte Marie dann auf die Schule, zuerst nach Bexhill, wo sie mit lauter netten und anständigen Kindern zusammenkam, und später nach Cheltenham. Das war das Beste, was ich für sie tun konnte."

Er sah sie unter seinen buschigen Augenbrauen düster an.

„Du hast alles Geld, das du mir hättest schicken sollen, für sie verschwendet! Verdammt noch mal, warum hast du mir nicht gesagt, wo du warst? Wenn ich diesen Auftrag nicht angenommen hätte, dann hätte ich dich wahrscheinlich nie wieder gesehen. Deinetwegen hätte ich im Rinnstein verrecken können!"

„Ja, ich wollte dich vergessen", entgegnete sie entschlossen. „Hauptsächlich des Kindes wegen. Ich musste zwischen dir und ihr wählen. Du hattest all dieses Elend über uns gebracht. Ich will nicht sagen, dass es allein deine Schuld war. Deine Erziehung ist auch daran schuld – die Umgebung, in der du aufgewachsen bist. Aber Marie tat mir so leid. Und so entschied ich mich für sie und ließ dich fallen. Ihr beide hattet nicht zusammen Platz in meinem Leben. Manche Frauen hätten vielleicht anders darüber gedacht, aber ich bin nicht wie die anderen. Ich bin zur Mutter geboren; die Liebe zu Dir hast du in mir erkalten und erstarren lassen. Und das Kind war so lieb", fuhr sie fort. „Als sie hierherkam, dachten alle Nachbarn, ich wäre die Pflegerin, und ich sagte nichts dagegen. Ohne großes Zutun von meiner Seite entwickelte sich das eigentlich alles von selbst. An ihr wollte ich all das wiedergutmachen, was an mir versäumt worden war. Sie sollte all das Glück genießen, von dem ich nur träumte, ohne es jemals zu erreichen. Und so hatte ich etwas, wofür ich lebte, kämpfte und arbeitete, ein großes Ziel, zu dem ich aufblicken konnte. Es gab Zeiten, in denen es mir fast zu schwer wurde. Ich fühlte mich manchmal namenlos elend und allein ..."

„Was soll ich dann erst sagen – vollständig von der Welt abgeschlossen? Meinst du denn, ich hätte mich nicht einsam gefühlt? An mich hast du natürlich nicht gedacht!"

Sie schüttelte den Kopf. Wie hätte sie auch an ihn denken sollen? Höchstens mit Schaudern und mit Abscheu.

„Ich konnte nicht an euch beide denken, das habe ich dir doch schon vorher gesagt", erwiderte sie leise.

Sie sah ihn fragend an. Hatte sie ihn beruhigen können?

„Sie wird ja wohl den reichen Kerl heiraten?" fragte er.

„Ich weiß es nicht – aber ich hoffe, dass es dazu kommt."

„Hat er denn Geld?"

Sie nickte. „Ja, ich glaube."

Er erhob sich und ging mit schlürfenden Schritten im Laden auf und ab.

„Wenn er Geld hat, kann er auch für sie zahlen", sagte er.

In diesem Augenblick schien das Gewitter seinen Höhepunkt erreicht zu haben. Es war, als ob der Himmel über ihnen einstürzte. Verwirrt sah sie ihn an.

„Joe, das ist doch ganz unmöglich! Das kannst du ihm doch nicht sagen. Du darfst dich ihm doch nicht aufdrängen!" rief sie.

„Natürlich werde ich ihm das sagen!"

Als er sah, dass sie unter der Wucht seiner Worte zusammenschrak, freute er sich. Befriedigt sah er, wie sie litt.

„Lass mich nur, ich werde schon so viel aus ihm herausholen, als irgend möglich ist – er muss blechen, sonst mache ich ihm die Hölle heiß! Ich weiß, wer er ist – er heißt Morlay. Und dabei ist dieser Lump ein Detektiv! Donnerwetter, er soll meine Tochter heiraten? Lieber würde ich sehen, dass sie verreckt!"

„Joe, ich will dir Geld geben", versprach sie ihm.

„Selbstverständlich wirst du mir Geld geben."

Sie feuchtete ihre trockenen Lippen mit der Zunge an.

„Du willst ihm alles sagen – dass du Maries Vater bist und dass du einen Polizisten erschossen hast?"

„Halt's Maul!" schrie er wild. Seine Hände zuckten.

„Nun ja, das musst du ihm doch mitteilen, wenn du ihm überhaupt etwas sagst. Glaubst du, er wird dir dann weiterhelfen? Nein, du kannst nicht wieder alles zugrunde richten! Du darfst ihr Leben nicht ruinieren!" rief sie.

„Wenn die Göre überhaupt etwas wert ist, wird sie sich gern um mich kümmern. Ich bin ihr Vater."

Sie schaute ihn furchtsam an und erkannte, dass sie ihn nicht weiter reizen durfte.

„Joe", sagte sie nervös, „vielleicht war es nicht recht von mir, dass ich nicht an dich gedacht habe. Du hast jetzt deine Tochter gesehen – habe ich denn keinen Erfolg gehabt? War es nicht richtig, was ich tat? Bist du nicht stolz auf sie?"

„Immer kannst du nur von ihr quatschen. Wo bleibe ich?" fuhr er sie wütend an.

„Spreche ich denn von mir? Ich habe doch auch auf alles verzichtet!" rief sie leidenschaftlich. „Nein, Joe, du darfst es ihr nicht sagen und alles verderben!"

„Doch, gerade das werde ich tun! Ich werde es ihr sagen, denn du sagst ja selbst, dass sie mein Kind ist. Sie muss vor allem für das Gute zahlen, das sie genossen hat!"

„Darin irrst du – sie ist uns gar nichts schuldig!" rief sie verzweifelt. „Kinder sind ihren Eltern nichts schuldig, sondern Eltern schulden ihnen etwas!"

Aber die beiden redeten aneinander vorbei.

„Ich bin ihr Vater", erklärte er eigensinnig. „Und wenn sie das nicht begreift, werde ich es ihr schon beibringen. Wenn man natürlich so eine dumme Göre Mylady nennt, setzt man ihr Flausen in den Kopf, aber die werde ich ihr schon austreiben! Und dir bringe ich auch noch Vernunft bei! Wenn ich daran denke, was du alles für sie getan hast, und dass du das ebenso gut für mich hättest tun können, dann packt mich die Wut! Sie hast du mit allem Luxus umgeben, und ich konnte derweilen im Gefängnis hocken!"

Seine Stimme überschlug sich und klang schrill und laut. Einen Augenblick duckte er sich, dann sprang er auf sie zu.

„All die vielen Jahre – die vielen Jahre!"

Sie glaubte, das Ende all ihrer Leiden wäre gekommen, denn seine Finger packten sie an der Kehle.

Es wurde ihr rot vor den Augen, und der Regen draußen wurde in ihren Ohren zum betäubenden Orkan.

Sie hatte nur noch den ungewissen Eindruck, dass sich die Tür öffnete. Dann ließ plötzlich der Druck an ihrer Kehle nach.

Es war Herman. Er war in sein Zimmer zurückgekehrt und hatte angestrengt auf die Stimmen unten im Laden gelauscht. Das Gewitter hatte etwas nachgelassen; nach einem furchtbaren Donnerschlag hörte Herman draußen nur noch den Regen. Und als der Wind die Regentropfen gegen die Fenster peitschte, so dass die Stimmen von unten kaum noch zu hören waren, hielt er es oben nicht länger aus.

Mit eisernem Griff packte er den Mann bei den Schultern und riss ihn zurück. Joe schwankte und starrte Herman an.

„Scheren Sie sich zum Teufel!" rief er wild.

„Was hat sie Ihnen getan?" schrie ihn Herman an.

Mrs. Carawood öffnete die Augen ... Es kam ihr selbst in diesem Augenblick zum Bewusstsein, dass Herman nichts von der Wahrheit erfahren durfte.

„Es ist schon gut, Herman", sagte sie mit großer Mühe und richtete sich auf. „Ich bin nur ohnmächtig geworden."

„Aber ich habe doch selbst gesehen, wie dieser Schuft Sie erwürgen wollte!"

„Lassen Sie meine Frau in Ruhe!"

Herman schaute verstört von einem zum anderen.

„Was, das ist Ihre Frau?"

Bittend wandte er sich an Mrs. Carawood, aber sie ließ hilflos den Kopf sinken.

„Es stimmt, was er sagt, Herman. Mylady – ist meine Tochter. Sie ist keine Gräfin ... Ich habe nur für sie gearbeitet, und nun wird er alles ruinieren. Jetzt wird sie mir Vorwürfe machen, Herman, und sie wird mich hassen ... Ach, ich wünschte, ich wäre tot!"

Joe hatte sich inzwischen gesetzt und sah sich nach einem Kissen um. Als er keines fand, riss er einen Mantel vom Kleiderhaken, knüllte ihn zusammen und legte ihn hinter seinen Rücken. Dann zeigte er mit dem Daumen zur Tür.

„Raus mit euch!" befahl er. „Ich werde die Nacht hier schlafen, und ich will nicht länger gestört sein. Ich will auch einmal meine Ruhe haben!"

Sie war froh, dass sie entkommen konnte. Wenigstens hatte sie ein paar Stunden Zeit. Mit schweren Schritten ging sie zur Tür. Ihr Gesicht war eingefallen, und sie sah alt aus. Aber ein Gedanke wenigstens war tröstlich: Marie würde heute abend nicht nach Hause zurückkommen. John wollte sie zu einer Schulfreundin bringen.

Herman sah ihr besorgt nach, als sie die Treppe hinaufging. Dann hörte er sie in ihrem Zimmer, das über dem Laden lag. Unentschlossen stand er in der Nähe der Tür. Er wollte diesen Eindringling nicht alleinlassen. Mrs. Carawood hatte mit ihm gekämpft und war unterlegen, aber der Kerl hatte auch noch mit ihm zu rechnen!

„Was stehen Sie denn noch hier herum – scheren Sie sich zum Teufel!"

„Ich geh' nicht fort!" sagte Herman ruhig. „Wenn einer hier ‚rausfliegt, dann sind Sie es! Was fällt Ihnen ein, Mrs. Carawood so zuzusetzen! Sie brechen ihr das Herz, und niemand ist so gut zu mir gewesen wie sie ..."

Die Tränen waren ihm nahe, aber dann ballte er die Fäuste, als sich Joe unsicher erhob.

„Also jetzt endlich ‚raus!" sagte Joe und zeigte auf die Tür.

„Wenn Sie nicht schnell machen, packe ich Sie beim Kragen und zeige Ihnen mal, was es heißt, sich frech gegen mich zu benehmen. Ich bin Joe Hoad, und mir kommt es nicht auf eine Schlägerei an. Ich habe einmal einem Polizisten das Lebenslicht ausgeblasen! Wenn Sie also jetzt nicht bald verschwinden, dann bekommen Sie es mit mir zu tun!"

„Wenn Sie einen Polizisten ermordet hätten, wären Sie ja an den Galgen gekommen. Aber ich weiß, was ich tun werde – ich rufe die Polizei. Sie scheinen ja verrückt zu sein! Wahrscheinlich sind Sie aus irgendeinem Irrenhaus entsprungen!"

Joe hatte sich zu sehr aufgeregt. Seine Züge verzerrten sich, die Mundwinkel zuckten, und er rang vergeblich nach Worten.

Herman konnte nichts verstehen. Er beobachtete erstaunt, wie der Mann nach dem Herzen griff. Hoads Augen traten aus den Höhlen, als er keine Luft mehr bekam. Er tastete nach dem Gesims über dem Kamin, dann gelang es ihm, ein paar Worte hervorzustoßen.

„Schnell ... das Fläschchen ...!"

Herman kam näher.

„Schnell ... schnell ... sonst kratze ich ab!"

Mit zwei Schritten hatte Herman den Kamin erreicht.

Der Mann starrte auf die Medizin und winkte verzweifelt.

„Sie – Sie haben ja auch kein Mitleid und kein Erbarmen mit ihr gehabt", sagte er und fasste einen schrecklichen Entschluss.

Ohne Zögern schraubte er den Verschluss des Fläschchens ab, schüttete den Inhalt in den Kamin und warf die leere Flasche hinterher, dass sie zersplitterte. Im selben Augenblick glitt Joe zu Boden. Herman blieb vollkommen ruhig und lauschte angestrengt. Von oben hörte er kein Geräusch, nur der Regen rauschte draußen auf die Straße.

Er drehte das Licht aus, öffnete die Ladentür und schlich dann auf Zehenspitzen zu der Stelle zurück, wo der reglose Körper lag. Mühsam zerrte er ihn zur Tür und schleifte ihn auf den Gehsteig hinaus. Es regnete in Strömen – niemand war zu sehen.

27

Draußen auf der Straße hallten Schritte, die plötzlich anhielten. Ein Polizeibeamter blieb vor der Gestalt stehen, die auf dem Gehsteig lag.

„Sie, stehen Sie auf!" sagte er und schüttelte den Mann. „Das ist hier kein Platz zum Schlafen!"

Als er den Arm des Mannes losließ, fiel er steif herunter. Der Beamte erschrak, beugte sich über ihn und fasste sein Gesicht an. Es war eiskalt, und als er den Puls fühlen wollte, konnte er nur noch feststellen, dass er nicht mehr schlug.

Im nächsten Augenblick schrillte seine Polizeipfeife.

Bei der Leichenschau konnte nichts weiter festgestellt werden. Nach den Papieren, die man bei dem Toten gefunden hatte, handelte es sich um einen Joe Hoad, alias Smith, der nach Verbüßung einer langjährigen Strafe aus dem Zuchthaus entlassen worden war. Der Polizeiarzt stellte fest, dass der Mann an einem schweren Herzleiden gelitten hatte, das jeden Augenblick den Tod herbeiführen konnte. Und so stand denn auch auf dem Totenschein, dass der Mann am Herzschlag gestorben war.

Mrs. Carawood wurde allgemein für äußerst sentimental und großzügig gehalten, weil sie den Mann mit der Begründung, dass er vor ihrer Haustür gestorben sei, auf ihre Kosten und nicht nach Armenrecht beerdigen ließ.

Am Abend nach dem Begräbnis saß sie mit Herman in dem Zimmer hinter dem Laden.

„Er ist tot. Das ist das einzige, worauf es ankommt", sagte Herman.

Sie war ganz außer sich, dass er so kaltblütig darüber sprechen konnte. Ihre Augen waren rot vom Weinen.

„Es tut mir jetzt doch leid um ihn, Herman."

„Es ist besser, dass er tot ist."

Mrs. Carawood berührte dankbar die Hand des Jungen.

„Wir wollen jetzt schlafen gehen", sagte sie. „Während der letzten Tage haben wir beide wenig Ruhe gehabt. Wie gut, dass Marie in Ascot ist. Wenn ich nur mit Mr. Morlay alles besprechen könnte – er würde mich verstehen!"

Mrs. Carawood wollte gerade die Treppe hinaufgehen, als draußen jemand an der Ladentür rüttelte.

„Vielleicht will uns ein Nachbar besuchen? Es ist ja noch nicht allzu spät. Gehen Sie hin und sehen Sie nach, wer es ist."

Schnell hatte Herman das Licht wieder angedreht. Seine Finger zitterten aber doch ein wenig, als er die Tür aufschloss.

„Kann ich Sie noch sprechen, Mrs. Carawood?" fragte der Herr, der in den Laden trat.

Es war John Morlay. Er kam von Ascot – fast jeden Nachmittag brachte er mit Marie draußen zu.

„Ist irgendetwas passiert?" fragte sie besorgt.

„Nein, nicht das geringste."

Er war in äußerst froher Stimmung. Sie wollte Herman fortschicken, aber er bat, dass der Junge bleiben sollte. Sie hatte eine Ahnung, dass es jetzt zur Aussprache kommen würde.

„Ich musste Sie heute Abend noch sehen, und ich bin davon überzeugt, dass auch Sie mich sprechen wollten. Vielleicht haben Sie mir etwas zu sagen?"

Es trat eine kleine Pause ein. „Ich weiß alles über Marie", fuhr er schließlich fort. „Es gibt nur ein überlebendes Mitglied der Familie Fioli – das ist Emilio Benito Fioli, hier in London als Pater Benito bekannt."

„Was, Sie wissen alles?" fragte sie atemlos.

John lächelte.

„Pater Benito hat mich wegen Marie aufgesucht. Er war in großer Aufregung, denn er wusste, dass seine Schwester kinderlos gestorben war. Und merkwürdigerweise hatte er auch erfahren, dass Sie ein Töchterchen hatten. Das übrige war leicht zu erraten. Nun sagen auch Sie mir alles."

Allmählich fasste sie sich und erzählte ihm ihre Geschichte bis zu dem Augenblick, in dem sie sich von Joe getrennt hatte und nach oben gegangen war. Sie erzählte von dem schweren Kampf, den sie mit Joe Hoad ausgefochten hatte, und sie sagte ihm, wie sehr sie ihr Kind liebte.

John Morlay war es gewohnt, von schlechten Leuten zu hören. Er wusste auch, dass die meisten zu schwach waren, sich von ihrer Vergangenheit frei zu machen, und deshalb erschien ihm dieses Erlebnis wie ein Wunder. Als Mrs. Carawood schwieg, wandte er sich an Herman.

„Und was geschah dann?"

„Ich sagte ihm, dass er das Haus verlassen sollte!" entgegnete Herman heiser.

„Und tat er das nicht?"

„Nein, im Gegenteil, er wollte mich hinauswerfen ... aber dann wurde er so sonderbar, und ... und ... dann sagte er, ich sollte ihm seine Medizin geben."

John sah den jungen Mann fest an. „Und was machten Sie?"

„Ich habe sie ihm nicht gegeben."

Hermans Worte klangen fast wie eine Herausforderung.

John zog die Augenbrauen hoch; man hätte das eventuell Herman als Mord auslegen können.

„Wenn Sie ihm die Medizin wirklich gegeben hätten, so hätte das vermutlich auch nichts genützt", sagte er schließlich.

„Es ist merkwürdig, dass Sie gerade heute Abend gekommen sind", meinte Mrs. Carawood. „Als Joe Hoad mich hier überfiel, dachte ich an Sie. Ich wusste keinen anderen, der mir helfen könnte, und nun ... Ich mache mir solche Sorgen ..."

„Um Marie?"

Sie nickte. „Weiß jemand etwas von der Sache?"

„Nur wir beide, Herman und Pater Benito."

„Der Pater wird nichts sagen, Herman wird auch schweigen; es muss unser gemeinsames Geheimnis bleiben. Es ist aber noch jemand da, der dahintergekommen ist – ich habe heute Abend mit ihm gesprochen. Es ist Polizeiinspektor Peas. Aber der wird Ihnen keine Schwierigkeiten machen. Wir sind Ihnen damals abends nach Rotherhithe gefolgt."

Sie schrak zusammen und wurde rot.

„Ich wurde gerufen, weil er einen schweren Herzanfall hatte, und ich ließ den besten Doktor für ihn kommen. Er wohnte bei einem Mann, dem ich einmal geholfen habe. Ich hatte nur Angst davor, dass Joe Hoad erfahren würde, dass ich Geld hatte. Als ich damals in Ihrem Büro war, habe ich ihn auch gesehen."

John Morlay nickte.

„Ja, das habe ich erfahren. Aber Marie darf nichts davon wissen."

„Ihr Mann muss es aber wissen –", sagte sie.

„Der weiß es bereits", erwiderte John Morlay, und als sie ihn überrascht ansah, fuhr er fort: „Meiner Meinung nach kann die Sache sehr bald in Ordnung gebracht werden."

„Würden Sie ... nach allem, was Sie erfahren haben ...? Nein, Mr. Morlay, das können Sie doch nicht!"

„Aber ich möchte es doch so gern. Ich bin der glücklichste Mann, wenn Sie Ihre Einwilligung geben."

Julian Lester gelang es mit Hilfe seiner Kenntnisse mühelos, sich die Beute Harrys des Kammerdieners und dessen Kameraden anzueignen. Zwischen den beiden Dieben, die die Westkanadische Bank beraubt hatten, kam es daraufhin zu einer Schießerei, weil jeder glaubte, der andere hätte ihn betrogen. Sie wurden verwundet ins Krankenhaus eingeliefert, und ihre wirren Reden verrieten der Polizei bald, dass sie die gesuchten Bankräuber waren.

Julian Lester aber ging ins Ausland. Bevor er London verließ, schrieb er John Morlay noch einen Brief. Darin drückte er mit gewandten Worten aus, dass er das Beste für Johns Zukunft erhoffe und dass er sich immer gern ihrer freundschaftlichen Beziehungen erinnern würde.

Aus seinem Abschiedsbrief an Marie sprach verhaltene Zärtlichkeit. Er machte ihr keine Vorwürfe, sondern erklärte, dass manche Dinge eben einfach nicht zu ändern seien. Er würde in ein fernes Land gehen und sie zu vergessen suchen. Aber er wüsste, dass auch die Zeit niemals die Erinnerung an die eine Frau auslöschen könne, die ihm im Leben wertvoll erschienen sei. All dies schrieb er und noch vieles andere.

Und dem Briefpapier, das er benützt hatte, entströmte ein feiner Duft.